茅花《つばな》流しの診療所

若倉雅登

青志社

茅花《つばな》流しの診療所

目次

装幀　塚田男女雄（ツカダデザイン）

1 大橋屋

お椿さんとは、伊豫豆比古命《いよづひこのみこと》神社《じんじゃ》、通称椿神社に古来からある伊予路《いよじ》に春を招く例祭のことである。

斎行日《さいこうび》は『立春に近い上弦の月』の初期三日間と定められ、今でも八百店を超す露天商が出て、四国各地から参詣者《さんけいしゃ》が集まる。

「暑さ寒さも彼岸まで」

と本州の人々が言いならわすように、伊予の人たちは『椿さん』とか『お椿さん』と親しく呼びならわし、

「さぶい思たら、今日は椿さんだもの」

などという会話を交わすのである。

椿さんは寒いと口にしながら顔が綻《ほころ》んでいるのは、やがて春がやってくることを身体が知っているからだろう。

明治三十七年二月の内子町は、椿さんがとうに過ぎているのに寒さが一入《ひとしお》であった。かつて『壺の村』と呼ばれていたというこの小さな盆地は、温暖な伊予の中でも朝夕の寒暖差が大きい土地柄であった。

日曜の朝、寒風の中を六日市の安達周一郎医師のもとへ、一目散に後小路《うしろ》を駆けに駆けている一人の少女がいた。

道行く人が、

「あれは、マサノじゃなかろか」

「あれが、尾崎のマサノか」

「そうそう、内子小学校の先生が、マサノはりこい（りこうだ）、一番だ、ゆうていよった」

とひそひそ言い交していても、走っているマサノには聞こえない。顔見知りの人には、小さな頭をちょこんと下げるものの、立ち止まることなく走り続けていた。

長く床に就いていたマサノの母親は、三年前に薬石効《やくせきこう》なく他界してしまったが、安達医師はその間何度も尾崎家に往診に来てくれていたから、マサノも小さい時からすっかり顔見知りである。

もっともマサノは、物ごころついて以降は、自分自身の病気でお世話になったことはない健康な子供であった。

医院の前で立ち止まり、白い息を整えた。頬は赤く火照っている。

「せんせ、安達先生」

医院に入るなり、大声で呼びかけた。待合には一人、付き添いなのか大きな荷物を抱えた中年の女性が、不安そうに奥を見ていた。

やがて、口髭を蓄え、蝶ネクタイの洋装ながら、よれよれの白衣を羽織った安達先生が姿を見せた。

「おや、マサノじゃな。大きゅうなったな。で、どげしたんぞ」

「うち（私）のことじゃないけん。お客さまが……」

四日前から、尾崎五平の旧知で商いでも世話になっている東京の油問屋の主人、大橋屋周作が、商談のために尾崎邸に逗留していた。

五平は昨日から大洲の油屋と打ち合わせるために馬車で出かけ、今夜帰ることになっている。

客人が急に苦しみ出したのを住込みの女衆《おんなしゅ》ヨノが見つけた。主人が不在なので、取り急ぎマサノに報せにやってきたのである。

マサノには五つ年上の兄、晴一がいるが、母が他界するとすぐに大阪の太物問屋《ふとものどんや》に丁稚奉公に入ったから、今尾崎家は、父と自分と、ヨノがいるきりである。

ヨノはマサノより七歳上の、伊予長浜生まれ。家は子が多く、五女のヨノは、マサノの母が他界するずっと以前から、知り合いの伝手で、尾崎家に住込みの手伝いに雇われていたのであった。

マサノが急いで大橋屋の寝間に行ってみると、周作が寝床でうーうーと唸って蹲《つくば》っていた。様子を聞いても、痛みが襲ってくるせいで途切れ途切れにしか答えられない。

男手がないから医者に運ぶのは容易でない。マサノは父の大事な客人と知っているから、急いで先生を呼んでこようと思った。

ヨノは自分が行くと言ったが、マサノは自分が安達先生を呼びに行くから、大橋屋さんの世話をしていてほしいとヨノに命じて、取るものもとりあえず走り出たのであった。

「そのお客がどうしたんぞな。連れては来られんのか」

マサノの慌てた様子をみても、先生はゆったりとして尋ねた。

「腰のあたりがよいよ（とても）痛くて、歩かれへん」

「そうか、それは大変じゃな」

「すぐにうっとこ（自分の家に）来ちゃんならんかな」

マサノは必死の態《てい》で先生に訴える。

「そりゃ弱ったな。見てみい、二人も厄介な患者を抱えとるけん、いまここを動くことはでけん」

診察室の奥に、ぐったりと寝ている二人の患者がいる様子をマサノに見せた。

「どんなぐつ（具合）なんか、もういっぺん詳しくゆうとみ」

「夜明け頃からじゃそうな。右側の腰のあたりがきりきりと痛んで、眠れなくなったそうぞな。せんち（雪隠）へ行っても、赤い色の小水がちぃと出るだけで、お腹は下しておらんと」

「よう仔細を聞いて来たな」

マサノが要領よく話をするのを、感心したように褒めて、

「そうか、小水に血が混じるのじゃな。痛む腰のところを拳で叩くと、ちんぽのほうに痛みが響くか聞いてみんけん」

「いやじゃ。ほんな恥ずかしいこと、よう聞けんわ」

マサノはようやく火照りの治まった頬を、再び朱にして怒った。

「そうやろな。とにかく水をようけ飲ませて、何度も何度も飛び跳ねさせなさい。そうしよるうちに、わしが行くけん」

「だんだん（ありがとう）。お待ちしてます」

「ほな、小水がよう出る薬を調合するきに持ち帰り、家で待っていなさい」

マサノにそう命じて、付け加えた。

「ところでお父上は達者かい」

医者のこういう落ち着いた対応が、マサノの逸《はや》る心を和らげる。

「はい。昨日から大洲に商談に行っております」

「それは、重畳《ちょうじょう》」

時々難しい言葉遣いをする先生の父、安達玄杏《げんきょう》（一八三八〜一八九一）翁は明治初期の内子地方に初めて『精得館』という近代的病院を開いた医師というだけでなく、町発展のためには青少年の奨学が第一との考えのもと、私費を投じて東京へ遊学する青少年の勉学、宿泊などに便宜を与える『安達社』を創立した人物である。

ちなみに日本海軍航空の草創期に、搭乗機が墜落し殉職第一号として名を残す安達東三郎は玄杏の五男である。

マサノは明治二十四年（一八九一）六月十八日に内子町で生まれた。

内子尋常小学校四年を卒業し、今は高等小学校の三年生、四月からは最高学年になる（この当時は尋常小学校が四年制、その上の高等小学校も四年制であった）。

油屋を営んでいる父、尾崎五平は、植物油がほとんど売れなくなり、灯油が主流になってくる時代の大きな変化に翻弄されていた。

今から十年ほど前から、内子でも菜種油、大豆油を使う灯明、行燈、カンチョロ（カンテラ）から、その十倍は明るくなった石油ランプにとって代わりつつあったからである。

そういう変化は、内子地方の農家の副業にも及んでいた。副業の主なものは、櫨《はぜ》と和紙であった。

櫨の実は、生蠟《きろう》業者によって買い取られ、生蠟が搾られた。搾られた生蠟は蠟丸《ろうがん》とよばれる塊にして、最盛期には二十七軒もあった晒蠟《さらしろう》業者や、蝋燭《ろうそく》などのへの加工業者たちに売られた。

当時内子は日本一の晒蠟地帯であり、中でも芳賀《はが》家は本家（本芳賀）のほか、上芳賀、下芳賀、中芳賀など分家もそれぞれ大きく、実力を誇った。本芳賀は明治二十七年パリの万国博覧会に晒蠟を出品し賞を得ており、ＨＡＧＡの名声は海外にも轟いていた。

しかし、石油ランプや、乾電池の発明で用いられるようになった懐中電灯の普及、さらには日本髪の衰退でびんつけが不要になって、明治三〇年代後半には製蠟業は急速に衰退してゆく。木蠟に代わる化学製品が出現したことも、衰退に拍車をかけた。

石油ランプに用いられる灯油は、植物油よりずっと安価であるが、品質のよいものを得るには競争があり、東京や大阪の商人と手を組まなければならなかった。そうした商談もあって大橋屋を招いたのだろうと、マサノは聞き齧《かじ》って察していた。

薬を調合してもらって、家に駆け帰ってみると、大橋屋はなおも青白い顔をして、時には足をばたばたとさせたり、起き上がって身体を捻じったりしながら痛みに耐えていた。

先生の見立てでは、小水が作られてから出てくる途中で小さな石が詰まって、小水が出るのを妨げ、痛みが出て血が混じるのだろう。だから、薬とともに、どんどん水を飲んで、飛び跳ねて、石を下に下にと下げなければいけない。あとで先生が来て下さるので、それまで
「ようけ水を飲んで、飛び跳ねよ言っとった」

マサノが安達先生から聞いたことを、かいつまんで大橋屋に告げると、

「そうか、ではただ寝ていてはいけないのだな」

わかったぞとばかり、大橋屋は猛然と実行に移しはじめた。

口からは、水と薬以外は入れようとしない。ヨノが用意した梅干し粥にも手をつけない。

マサノは自室に戻っていたが、大橋屋の容態が気になって、何度も様子を窺いに廊下に出たり、安達先生が早く来てくれないかと外の様子を窺ったりと、気ばかりがはやっている。

それから二時間余りが過ぎたころ、ヨノが大橋屋さんの痛みが遠のいたようだとマサノに報せに来た。大橋屋の部屋を伺うと、さっきとは違って起き上がり、笑みを覗かせながら、

「マサノさん、ついさっきから痛みがすっとなくなって、具合がいいんだよ。ありがとう、感謝だね」

居ずまいを正して、マサノに頭を下げる。

「父上もおらんし、ほんまに心配しましたけん。でも、また痛くなるかもしれん。先生が来るまで、もうちぃと休んでおいでなされませ」

そう応じているうちに、誰かやって来た気配がした。マサノはそれが誰だか、すぐにわかった。病床にあった母が具合のよい時も、よくない時も、いつも少しも変わらぬ、悠揚《ゆうよう》迫らざる佇《たたず》まい。ほっとさせるその感触を、マサノはからだで覚えていたからである。

以前のように、勝手に中まで入ってきて、

「遅なったな、おこらいなさいよ」

声を聞いただけで、あたりがほんのりした空気になる。

マサノにとっての母の記憶といえば、病床のものばかりだが、もっとずっと小さい時には、母の膝でわらべ歌やお伽話を聞いた風景が不意に蘇る。マサノは随分と大きくなるまで、

「一休さんの話をして」

とせがんだものだと、病床の母から聞いたことがある。

「いい薬持ってきたで。おやおや、でも大分いいようじゃな」

大橋屋の様子を一見して、安達先生は判断した。

そのいい薬とは、大阪麦酒《ビール》株式会社が十二年前から全国的に売り出していた「旭ビール」であった。このビール、当初はドイツ人技術者を雇って吹田工場で醸造していた。明治三〇年代後半になって、日本人の手で醸造ができるようになってくる。

大阪麦酒株式会社に入社後、ドイツに六年間留学して醸造技術を持ち返り、のちに大阪麦酒を含む三社が合併した大日本麦酒株式会社の社長に就任し、「日本のビール王」と呼ばれるに至った高橋龍太郎（一八七五～一九六七）は奇しくも内子町の出身である。

もちろん安達は、ビール王が内子町から誕生することを知る由もないが、ヨーロッパではビールを飲んで、走り回って、尿路結石を小水とともに排出させる民間療法が行われていて、これがなかなか合理的だと臨床医学でも評価されていることを書物で知っていた。そのビールたるものを薬局で求めて持参したのである。

旭ビールは発売当初、販売を引き受ける小売りがなく、薬局の隅に置いてもらうほど認知度が低いものだったのである。

痛みが治まったのは、石が狭い尿管から広い膀胱へと落ちたからだろう。今はまだ膀胱に留まっている可能性が高いから、それが小水と一緒に出てくるときにまた引っかかるかもしれないと先生は説明した。

「しょんべ（小水）と一緒に出てくるときは、チッと焼け付くように痛いはずじゃ。石を見つけたら拾うといてつかーさい。わしの研究のためがじゃ」

マサノが二人分のグラスを丸盆に乗せて持ってくると、まずは痛みが取れた祝い酒じゃ、とビールの栓を抜いた先生が大橋屋のグラスを満たした。今度は大橋屋も、慣れた手つきで安達のグラスを満たし、すぐに二人は打ち解けた。

「あの激痛から解放されたのは、マサノさんの機転のお蔭なのに、二人だけで祝い酒とは申し訳ないな。マサノさん」

一杯目のグラスを空けた大橋屋が、控えていたマサノに呼びかけ、

「お礼は、あとで父上にご報告してから、ちゃんとさせてもらいますからね」

と続けた。

「いいえ、安達先生のお蔭です」

マサノが畏まってそう答えると、

「そりゃあ無論そうだが、高等小学校の子供に、こんなにお世話になるとは思いもよらなかった、内子は田舎だと思っておったが、おつむのいい子は所に寄らずいるものですなあ。大したものですね、先生」

「そがいに言われたら、褒められすぎじゃろ、なあ、マサノ」

安達先生がそんな風に応じているうちに、持参した三本のビールのうち二本が瞬く間に空になった。

空の二本は畳に転がり、残りの一本はこの家の主人が帰宅していないうちに空にしてしまうのははばかられるというのだろうか、いつまでも二人とも手をつけずにいた。ラベルにあしらわれた波に朝日が所在無げにこっちを向いている。

陽が傾き、朝方からの冷えた風が、神南山《かんなんざん》からの春の気配を乗せた東南の風に変わったころ、ヨノがマサノに告げた。

「旦那様がお戻りになられました」

マサノだけでなく、大橋屋も、安達先生も総出で迎え入れ、着替える暇もなくこれまでの一部始終を聞かされた五平は、ほんの一日半留守にした東の間の騒動に驚くばかりであった。

これを潮に安達先生は辞去し、マサノは自室に引き取った。

五平と大橋屋は最後の一本のビールをグラスに注ぎ合いながら、五平のこれからの商売と、今日の騒動の話をしている。

「ところで、五平さん。今日はマサノさんにすっかりお世話になった。だから言うわけではないが、マサノさん、医者にしたらどうかね」

あまりに唐突の話に、五平は咳き込んだ。

噂として知っている女医は、楠本イネくらいのものだ。

フィリップ・フランツ・フォン・シーボルトの娘である。宇和島の外科医二宮敬作や、医師村田蔵六（大村益次郎）らから医学などを学び、一時同じ伊予国の宇和島で開業していたこともある。だがそれも、ひと時代昔の話、彼女は医術開業試験も受けていないから、公許女医ではない。この一年前に東京麻布で没していた。

「それはまた、なしてじゃね」

「さっき安達先生とも話していたんだが、マサノさんが先生のところで話した私の症状は、大いに要領を得ていて、話を聞いただけですぐに診断がついたというんだ。高等小学校でも、男の生徒ばかりの中で一番だというじゃないか。五平さん、そういっちゃあなんだが、これからは油屋は駄目だよ。東京じゃ電燈がどんどん増えているし、いまに鉄道も電気になるかもしれない。内子は田舎だからずっと後になるだろうが、ここ十年で日本はうんと様変わりするよ」

「確かに、油はもういけんかもしれんな」

今回の大洲での商談もはかばかしくなかったし、近頃その点は、五平もはっきり実感していた。

「東京では、女医の開業で有名になっている人もいる。先ごろ、私立の東京女医学校というのも東京の牛込区にできた。わしは、その学校をやっている同郷の吉岡荒太君に頼まれて、先日何がしかの寄付もしたんだよ」

荒太は医師を目指し佐賀県東松浦郡から上京、前期開業試験（医籍登録のためには、教養と基礎医学の前期試験合格の後、臨床実地を含む後期試験に及第しなければできない）に合格したが、弟二人も上京してきたため、自身の医者への夢は断念した。そして、学費や生活費を稼ぐために得意のドイツ語を生かして塾、のちの至誠学院を開いて校長に収まっていた。

医師開業試験に合格していた鷲山弥生はドイツ留学の夢を持って、荒太のドイツ語塾に通っていた生徒であった。やがて荒太に見初められて結婚。だが、荒太は糖尿病で倒れ学院を閉鎖した。その頃、それまで女子学生も引き受けていた済生学舎という医学予備学校が、男女共学は風紀を乱すと、女子の受け入れを閉ざすことになった。自分も学んだ学校のやり方を聞いて、弥生には何か割り切れない、情けない思いが去来した。

事情を調べてみると、在学していた女子学生は全員追放されたという。それでは、開業試験を目指して勉強に打ち込んできた彼女たちの行く末はどうなるのだろうか。怒りはやがて途方もない発想へ転換していった。弥生は女医養成機関の設立を荒太に提案したのである。

荒太は至誠学院を中学校にして、その上に医学校を創りたいという夢をかねがね持っていたから、弥生の考えにすぐさま賛成した。二人の勢いは止まらず、夫妻による東京女医学校

（現・東京女子医科大学）の設立が、明治三十三年十月についに叶ったのである。

女医学校だから校長は弥生がなるのがよいとの荒太の意見で、弥生が産婦人科を開業していた至誠医院の一部が女医養成学校となった。

看板は立派だが、資金は不十分だった。当初、教員は夫妻と解剖学の木村鉞太郎《えつたろう》だけ、学生はわずか四人からのスタートだった。

それから三年あまり経った明治三十七年春には、この学校は牛込区河田町に移転した。そばに寄宿舎も出来る計画で、女学生には一層安全になるだろう。五平にさえその気があるなら、帰ってもう少し詳しいことを知らせる。マサノさんには大変お世話になったから、東京に来たら、できるだけお世話させていただくからと大橋屋は結んだ。

妻は逝ってしまい、自身一人で立ち上げた家業は先行きが見込めない。長男には、大阪の大きな太物問屋で商いを修業させたが、そこで案外と見込まれて短期間に丁稚から手代に駆け上り、内子に帰るつもりは毫《ごう》もないらしい。

マサノに婿が来てくれればよいが、傾いた油屋へ婿に入ろうとする者はいないだろう。自分と兄の晴一以外に家族もなく、身よりもないマサノを無理に内子に留めて、仕事もなくなるであろう父親の面倒を見させるのではあまりに不憫である。

それよりも、大橋屋の言うように上京させて学校に通わせるのは、田舎ではあるが優秀だと言われ、勉学好きで粘り強い性格のマサノに合っているのかもしれない。

女医になる道のりは決して平たんではなかろうが、自分一代で蓄えてきた僅かのものを、それそのために使うのも悪くない。もしも、マサノが女医になって内子に戻ってくれれば、それはまた、大いに内子のためにもなるのだし……。

そう夢を膨らませながら、五十路に差しかかった五平の心は次第に動かされていった。

2 神楽坂

内子尋常高等小学校約百人の児童の中に、女子はマサノただ一人であった。地方では、まだ女子は小学校へ通学する習慣にはなっていなかったのである。

明治三十八年三月二十八日の卒業生の総代は、尾崎マサノであった。現在の内子小学校に門外不出の学籍簿が残っている。

最終学年のマサノの成績は修身、国語、算術、日本歴史・地理、理科、図書、唱歌、体操、裁縫という九科目があり、ほとんど十点満点の九点か十点であった。今なら「オール五」というべき立派な成績だが、社会と唱歌だけは八点と幾分苦手だった様子も見える。

マサノは卒業するとすぐに上京の準備にとりかかった。

内子から大阪、東京方面へ行くのは不便であった。

まず、内子から荷馬車で県道を通って中山へ行き、山犬が旅人を襲った伝承のある犬寄峠《いぬよせ》を経て郡中《ぐんちゅう》に着く。そこから伊予鉄道で松山に近い三津浜港に向かう難路の利用が、大正五年の伊予自動車のバスが開通するまで続く。

二年前の明治三十六年には三津浜から広島県尾道間に定期航路が開かれており、それまで三津浜大阪間が海路で二十四時間以上かかっていたのが、尾道から山陽線経由となってほぼ半分の所要時間で行けるようになっていた。

三津浜までは五平が送った。三津浜での別れは、あと二か月で満十四歳というまだまだ子供といってもいいマサノにとっても、心細いものだったが、それにも増して作った笑顔が心なしか引きつっていた父親の姿が、マサノの胸にざわめきを残した。

大阪には夜遅くに着き、予定通り兄晴一が出迎えてくれ一泊した。

当時、神戸、新橋間は、最速の急行列車で十五時間、新橋では大橋屋が出迎え、桜舞う東京でのマサノの第一歩が踏み出された。

東京女医学校は河田町の月桂寺《げっけいじ》の隣接地にあり、杉林と竹藪に囲まれたもと獣医学校だった洋館を買い取ったものだ。去年（明治三十七年）三月には生徒の増加を見込んで、医学校の敷地内に木造二階建て、計十六室の寄宿舎を建築した。同時に、階下の四室は診療室、薬局、食堂、大先生の部屋にあて、診療所も開いたのである。

それまで学校創設地である牛込区仲ノ町にあった寄宿舎が移転し、女学生には安全で便利になった。寄宿舎は一室三人が入ることになっており、マサノに割り当てられた二階の部屋は佐賀県出身の先輩と同室であった。あと一人はまだ空席であった。

九歳も年上のその先輩、井田ツモには、寄宿舎のこと、学校のことなど細大漏らさず教えてもらい、面倒をみてもらった。

井田は、マサノから見ればもう明らかに大人の部類であり、

「高等小学校出たばかりで来たのね。じゃあ、ちょっと心細いでしょうね。でも、大丈夫よ、何でも相談に乗るわ」

そのもの言いは姉のようにというよりも、小学校の若い先生のように感じられ頼もしかった。

皆が『大先生《おお》』と呼ぶ吉岡荒太は、物理、化学、病理学、薬学、ドイツ語などを教える教授であり、同時に寄宿舎の監督であった。

大先生の部屋に大橋屋と入学の挨拶に行った。

「尾崎マサノさんか、大橋屋さんが見つけてきた人だな。遠くからよくやってきたね。ここへ来た以上は、勉強と健康、それだけを考えなさい。いいね」

念を押した大先生は、眉毛が濃く、口髭をはやした下膨れの堂々とした体躯の人で、一見

厳しい表情にみえるが、笑うと目がとてもやさしくなる。緊張で小さく縮こまっていたマサノの心が、その笑顔に救われて出口を見出した。

その日は、井田先輩に連れられて、机と本箱とランプを求めに出かけた。中古だが、十分役に立つものが手に入った。

引っ越し荷物、といっても最小限持参してきたものだけだが、それを紐解いて整理し、自分の居場所がとりあえず確保された。

夕刻になって、

「校長先生のお着きぃー」

車夫の掛け声と共に、校長の吉岡弥生先生が人力車で東寮と呼ばれる寄宿舎に到着した。寄宿舎の生徒たちは総出で出迎えた。寄宿舎の決まりがあるわけではなく、自然発生的にそうなった仲ノ町時代からの慣行であった。先輩の指示で、マサノはもう一人の新入生と一緒に玄関に出て挨拶した。

弥生は明治四年生まれの満三十三歳。生徒の中にはマサノのように満十三歳の者もいれば、三十歳になる者もあり、校長と生徒の年齢差は僅かと言えなくもない。

だが、薄紫の小袖に、黒の紋付羽織、袴を揃え、色が白く凛とした表情で俥《くるま》を降りる姿は、生徒たちに自分たちはこんな立派な校長先生を戴いているのだという意識を持たせるに十分な威容であった。

「御入学おめでとう」

校長先生はすぐに新入生二人を見つけて歩み寄り、やさしく声をかけた。

寄宿舎生と通学生とは半々くらいで、総勢は三十人を越していたが、前期開業試験を通過している後期生は、三十七年に及第した井出茂代をはじめ四人だけで、その四人に八人の講師がついて特訓するという形になっている。

医術開業試験は前期でも四年、後期は七年かかるのが相場といわれる難関であった。前期生二年、後期生二年が修業年限と学校規則に書かれている。だが、学校を創立して五年間で前期試験合格者がようやく四人。それだけ、落伍者が多かったのである。

一日も早く後期生を後期開業試験に合格させることが、学校の当面の目標、急務なのであった。

寄宿舎の日課は、朝七時起床、朝食七時半、授業は講師の都合で若干不定期であり、時には日曜日の臨時講義もあるが、普段は毎日五時間で週三十時間が規定である。

夕刻は五時に食堂に集まる。これにはよく吉岡夫妻も参加し、天気のよい日は夕食後にあたりを皆で散歩する。その後七時から九時までは自習時間になり、就寝消灯時間は九時の決まりである。

時折、就寝前のお夜食の時間に大先生が集合をかけて歴史や時局談など豊富な知識を披露する。外部からの情報が入ってこない寄宿舎では、これを楽しみにしている生徒も多く、全体が吉岡荒太塾といった体裁であった。

校舎と寄宿舎が河田町に移ってからは、次第に生徒も先生も増え、後期生からあと二年で何とか合格者を輩出したいという吉岡夫妻の大目標も立って、家庭的な吉岡塾から本格的な学校への脱皮が図られていった。

入学は五月一日と決まっていた。時は日露戦争の真っただ中にあって、贅沢を慎む雰囲気は東京にも広がっていたが、歌舞伎や大相撲はいつも通り行われていた。

ここにいる新入生や親たちには戦争は眼中にないらしく、入学日までに、市ヶ谷の土手や上野公園の花見に行ったり、浅草や銀座尾張町などへ東京見物に行く人もあった。

生徒の多くは地方から出てきた分限者の娘で、年かさもいっていた。マサノのように高等小学校を一か月前に卒業したばかりなどという子供はさすがに珍しく、学校の敷地の外に一人で出ることなど怖ろしさが先に立ち、マサノには真似ができなかった。

入学前でも講義を聞くことを学校は可としていたため、マサノは学校の敷地からほとんど外には出ず、専ら寄宿舎から隣の校舎に通う日々であった。

そんなマサノの姿をどこかで見ていたのか、新学期が始まって間もなくの頃、二年ほど前に入学した矢沢シノという先輩が、声をかけてきた。

「尾崎さん、どちらのお生まれ」

きれいな標準語のアクセントで、どこか慎ましい品のある丁寧な物言いである。

「愛媛県の内子です」

「あら、じゃあ、東京ははじめてね。いつも学校と寄宿舎の往復ばかりじゃつまらないでしょう。ちょっとご案内するから出てみない」

ちょうど講義予定の講師の都合がつかず、休講になって自習時間になっていた。

吉岡夫妻と一、二の講師以外は、本務は別の大学や病院にあって、東京女医学校には臨時、つまりアルバイトで出講している。そのため、本務の都合でしばしば講義時間の変更や遅れが出る。それは日常のことなので、生徒たちはよく心得ていて、通いの生徒は教室に留まり、寄宿舎の人は、指呼の間にある寮に戻って自習する。

ただし、授業が空いた時間に校外へ出ても、誰も咎めだてをすることはない。

「ねえ、お天気もいいし、いかが」

目上の人にそう言われて、学校にも幾分慣れてきたマサノの心が動いた。

二人は連れ立って、午後の神楽坂商店街に出かけて行った。

毘沙門様の門のあたりは多くの参詣人と見物客でにぎわっている。坂を下ると両側にも、路地を入ったところにも煙草屋、文房具屋、薬種問屋、写真館、古着屋、履物屋、蕎麦屋などの店が所狭しと立ち並び、マサノはこれが東京かと目を奪われた。連れてきてくれた矢沢姉を見失わないようにするのが精一杯で、迷子になれば幼児のように泣きべそをかいてしまいそうであった。

「どう、東京の街に驚いたでしょう。疲れたわね、そこでお茶でも喫しましょうか」

平日なのに祭りの日のような人の波で、人酔いしそうになっていたマサノは、

「そうですね」

と控えめな調子で同意した。

暖簾に『和月』と書かれている店は、草履のまま入るようになっており、椅子とテーブルがある様子は、おそらく西洋の喫茶店を真似たつもりであろう。外の明るさとは大違いの暗い店内に矢沢の後ろからついてゆくと、奥の席から声がかかった。

「あら、シノじゃない。なになに、今日はお子ちゃま連れってこと？」

聞き覚えのある声だ。

「流石に早いね、姉御は。知ってる、この子、愛媛から出てきたばっかりだって」

今までマサノに話していた調子と打って変わって、声も話し方も粗野になっている。姉御と呼ばれるその人は、確か柏木佐代という人だ。佐代の連れのもう一人の女性も、前期組の

クラスで見覚えがある。

大先生や校長先生が俥で学校に出入りする折、皆玄関に居並ぶあの総出迎えの儀式では、一番目立つ場所に陣取って、誰に頼まれたわけでもないのに『おはようございます』『お帰りなさいませ』『いってらっしゃいませ』などと号令よろしく大きな声をかけるのは、決まって柏木である。

彼女は父親の会社の自動車で校門まで送られてくることがあり、おそらく相当な大金持ちの箱入り娘なのであろう。なにしろ、この頃、日本全国に自動車は五百台もなかった。東京でも自動車を持っているのは大代議士か大会社の社長くらいのもので、自動車が通れば、歩いている人たちは皆立ち止まってその珍しい光景を見送ったものである。

学校がこの父親からどれだけ支援してもらっているのかはわからないが、大先生も校長先生も、そういう柏木や取り巻きの振る舞いに、別段嫌な顔はしていなかった。

姉御とその取り巻きはいずれも前期組で、姉御も含めてとうに二十歳は過ぎているいささか派手な人ばかりである。きっと何年も試験に及第していないのだろうとマサノは感じながら、自分とは縁のない人たちだと、これまでは等閑視していた。

矢沢は姉御ともう一人が座っている四人席に歩み寄り、マサノを手招きした。マサノは少し尻込みした。

矢沢は通学組の中でも、着ているものも質素な綿服だし、もの言いは丁寧で、まじめな人だと感じていたので付いてきてしまったが、よかったのだろうかという怖《お》じ気のようなものがじわりと湧いてくる。

「何にします」

姉御が皆にお品書きを差し出しながら尋ねた。

栗羊羹、芋羊羹、みつまめ、飾り菓子などが挿絵とともに描かれたお品書きの値段を見て、マサノは一層尻込みした。屋台でアンパン、駄菓子、かき氷なら買い食いしたことがあるが、大体一、二銭であった。ここの菓子は皆十銭以上のものばかりだ。

「尾崎マサノさんて言うのよね。偉いじゃない、田舎から一人で出て来て。今日は入学祝いだからあたしが御馳走するわ」

姉御が、マサノの心配を見透かしたように誘った。

「初めて会った方に御馳走してもらうなんて、そんな」

マサノが謝絶すると、

「何お子ちゃまが遠慮してるのよ。初めてなんかじゃないじゃない。毎日教室で会っているじゃないの。それとも、新入生が神楽坂辺りを一人でうろうろしていたと、校長先生に言いつけちゃおうかな」

姉御の連れが脅しにかかると、矢沢が阿《おもね》るように大口を開けて笑った。

マサノがなおもじもじとしていると、

「マサノさん、大丈夫なのよ。姉御は柏木産業の御令嬢なんだから」

矢沢が笑いをこらえるふりをしながら助け舟を出した。マサノも何をしている会社か知らないが、聞いたことはある。

それから四人は、暫く姉御の驕りでお茶を喫した。

三人は、人の噂話ばかりしている。マサノそっちのけのその会話に、口をはさむ余地もなく、身の置きどころに困りながら、店の掛け時計に不意に眼が行った。

「あっ」

マサノは蒼白になった。

時計の針は四時十五分を過ぎたところを指していた。夕食は五時からといっても、十分前にはほぼ全員がそろう。時間まで四十分もない。

「間に合わない」

突然立ち上がって小さく叫んだマサノの不協和音に、際限なく喋っていた三人の声が止んで顔を上げた。

「そうか、寄宿舎生は五時が夕食だったね」

姉御が思い出したように指摘すると、矢沢が、

「ごめんね、マサノさん。あたし達も家の門限があるから、送って行けないわ。気をつけてね」

あっさりと断って、また三人の井戸端会議が、何事もなかったように再開された。

矢沢を当てにしていたのも悪かったが、はじめての外出、どこをどう通って来たのか、しかとは憶えていなかったマサノは、慌てて店を飛び出し、とりあえず神楽坂を息急《せ》き切って駆け上った。

神楽坂上まで来ると、なぜか人通りがぱたりとなくなった。もしここで方角を間違えれば、夕食の時限に間に合わないのは確実だ。行きと帰りでは景色が違うから、行きすぎては振り向いて見たり、左右に曲がっては振り向いてみたりした。

左から来たように思うが、しかと決断がつかない。不安と焦燥と、今日の自分の行動に対する悔恨とがないまぜになって、双眸に涙が滲んできた。

どうしよう。自分は医師になるための勉強をしている身だ。ここで挫《くじ》けてなるものかと奮い立たせる。

そこへ、人のよさそうな年かさの婦人が歩いてきた。

「すみません、至誠病院を探しているのですけれど」

仔細を話している暇はないと思って、単刀直入にそう聞いた。

「さあ、存じませんわ。私もここの土地のものじゃないので、ごめんなさいね」

すべての望みが絶たれて再びべそをかきそうになったその時、婦人の次の言葉があった。

「あそこに派出所があったから、聞いてごらんなさいな」

マサノにしてみれば、警察は悪いことをした人間が行くところで、そんなところに自分から行くなど考えてみたこともない。だが、内子町の駐在さんは親切な人もいたことを思い出し、都会の派出所も同じようなものかもしれないと言い聞かせて、教えてもらった派出所へ勇を鼓して駆け込んだ。

田舎から出て来て、東京女医学校の寄宿舎に入って勉強している者だが、友人にはじめて東京に連れだされ、帰り路がわからなくなってしまったと率直に申し出ると、若い巡査が、

「女医ですか、それは偉いものだ」

と興味を示し、門限があるので急いでいると焦っても、若い巡査は暇なのかいろいろ尋ねようとする。

「すみません、遅れると叱られますので、道、道順教えてください」

と派出所を出ようとしながら頼み込むと、

「じゃあ、ちょっと待ちなさい」

と手作りらしい絵地図を出してきて、説明してくれた。呑み込みの早いマサノは、礼を述べるやすぐに駆け出した。

夕食時間には寸でのところで間に合った。呼吸と鼓動を整え、何食わぬ顔で食事を済ませ、部屋に戻ると、井田先輩とその友人の長鹽《ながしお》繁子が待っていた。

「マサノさん、何があったの」

厳しい口調だった。

「えっ」

「教室からいなくなって、どうしたのかなと思っていたら、夕食時間に息急き切って戻ってきたわね。しかも眼を腫らして」

息は整えたつもりだし、泣いたことがわからないように顔を洗い、眼を伏せて食事をしたつもりなのに、井田先輩たちには見破られていた。

もはや、取り繕う意味はないと思い、今日あったことを洗い浚《ざら》い報告した。

「そんなことだろうと思っていたわ。通学組にもまじめな人も少しはいるけれど、大抵は金満家の娘《こ》。勉強は二の次なの。下手に染まると、もう足が抜けなくなるから、絶対に付き合わないことよ」

折角泣きやんでいたのに、また涙が零《こぼ》れて来た。自分の行動が悔しいのであった。

「その涙、忘れないことよ」

井田は姉のようにマサノを諭した。長臨も井田と同じ年に生まれているから、マサノより九歳年長である。彼女は一言も発さなかったが、井田の話に同調して頷いていた。井田と同じように、厳しいながらも温かい空気を醸し出していて、叱られているのにマサノは嬉しい気持になっていた。

この二人と後期組の井出茂代、水谷志津勢の四人は、ずっと年下のマサノを可愛がり、庇護したし、マサノは四人を敬い、目標にした。

中でも井出茂代は勉学一筋で日々を過ごした。人より五時間多く勉強したと述懐する井出は、起床前、消灯後の室内の暗い時間帯は門灯の明かりで、雨の日は便所の燈火を利用して本を読み、ノートの整理をした。

友人たちが、

「そんなに勉強したら、身体に悪くない」

と心配すれば、決まってこう答えた。

「私は皆さんと違って小学校しか出ていないから、追いつくにはこれしかないの。それに家は裕福ではないから、できるだけ早く開業試験に合格するしかないのよ」

自分の睡眠時間は四時間あれば十分だと豪語していた。

茂代がまだ故郷にいたころ、江戸時代の女医『野中婉《えん》』が四歳のころから、「雀より遅く起きたことがない」ほど勉強家であったことを伝記で知って、いたく感銘を受けた。それ以来、心に焼き付けてきたこの女性の姿を、いま自分の姿に重ね合わせて、力瘤《ちからこぶ》を入れているのだった。

野中婉は、父である土佐藩家老野中兼山の失脚、死亡後、四歳から四十年近くも幽閉され、その間に医学を勉強して釈放後医師として名を成した。その一生は、大原富枝の「婉という女」に結実している。

マサノはできるだけ、姉御やその取り巻きに近づかないようにしていた。それでも、何か用ありげに、教室の内外で、近づいてくる。そんな時はいつも、

「東寮で、今から会合をするわよ」

「大先生のお部屋にお話に行くから行かない」

などと、先輩四人の誰かが、遮ってくれるのだった。

こうして、同年配の先輩四人と、はるか年下のマサノは生涯の同志となっていく。

3 医術開業試験

明治四十年二月のある日、吉岡弥生校長がマサノを校長室に呼び出した。入学以来、そんなことははじめてのことだったから緊張の面持ちで訪ねた。

「尾崎さんの東京の身元保証人になっている大橋屋さんのこと、お父上から何か便りがきていませんか」

マサノを内子に見い出し、東京女医学校に通わせるのに一役買い、身元保証人になってくれた人のことである。ただ、マサノにしてみれば、恩人ではあるが、内子に父の客人として来訪した時以後は、上京した時に一度会ったきりで親密感は乏しい。

「いいえ、何も。何かあったのでしょうか」

「どうも左前になったらしいのです」

「左前って……」

マサノは今一つ理解できず、先を促した。

吉岡校長は、少し言いづらそうに、大橋屋が倒産の憂き目に遭ったことを話した。

大橋屋は、日露戦争の戦勝ムードの好景気で、株を買いまくり、一介の商人からもう一段上の会社組織へと脱皮しようと図っていたが、折しも一月二十一日の東京株式相場の大暴落で一気に資産を失ったのだった。

「尾崎さんは、成績も優秀で私たちは大いに期待しています。ですが、そのことで今後の学費の支払いや生活費に支障が出たら大変と思って、確かめたかったのです」

父が大橋屋を、マサノを東京にやる際に頼みとしたことは確かである。しかし、父が金銭の上で大橋屋にどれだけ依存したのか、マサノは知らなかった。

でも、校長の話は尾崎家の経済を疑っているようで、マサノはいささか気分を害した。

「父は商売人ですが、用意周到で、堅実な人です。相場を張って失敗するようなことはありません」

マサノは幾らかきつい調子で言い切った。

「そうでしょうね、よかった、ほっとしました」

校長は本当に安堵したという顔をした。

それにしても、東京暮らしの気持ちの底では、確かに支柱にしていた大橋屋の身の上にそのような事態が訪れようとは思いもよらなかった。

父に文《ふみ》を書いて聞いてみようか、それとも二、三か月に一回くる父の定期便を待ってみようか。前期開業試験を前にして、マサノの心に暗い影を落とした。

父は、東京の学校に入るための旅費や身の回りの支度、それに入学金（三円）など最初にかなりの出費を負担した。以後も、月謝二円五十銭（後期生三円）、寄宿舎七円、ほかに教科書代、文具代、紙代、石油代、洗濯代、銭湯代、校風会会費など、月々の掛かりは月換算にして十五円ほどになり、その仕送りを続けてくれている。小学校の先生の初任給が十円から十五円の時代、それは大金であった。

十五円ではそれでもぎりぎりで、服や下着を新たに買うことはまずできないし、夏休みや正月に内子に戻る金銭のゆとりはとてもなかった。

たまに仲間の誰かと外出しての買い食いや、毎週一回、会費二銭ほどで開く質素な寄宿舎のコンパ参加料でさえ、お腹が痛いなどと偽って欠席し、倹約しなければならないほどだった。

この年の試験で、マサノは井田ツモ、長鹽繁子らとともに、前期開業試験に見事合格した。

前期試験は、物理学、化学、解剖学、生理学からなる。もともと、理科は好きな科目で、本も多く読んでおり、授業も面白く得意なところであった。解剖学は、覚えることが山ほどあるが、若いマサノの記憶力は抜群で、先輩四人もそれには舌を巻いていた。

前期試験合格までの日時は最短で、しかもほぼ満点であった。

マサノは直ちに後期組に配属された。後期組はつごう八人になった。後期組になれば、あとは医学の実践勉強一筋になる。

後期開業試験の科目は外科学、内科学、眼科学、産科学、小児科学、薬物学、臨床実験から成る。整形外科や耳鼻咽喉科はまだ外科学の中に入っており、皮膚科、泌尿器科、脳神経外科なども分離されていない。後期試験の受験者数に対する合格率は、十五から二十パーセントという関門であった。

その難関さが、後期生生徒の表情を変え、特に試験前になると神経質な大人びた緊張感を醸しだしたのである。怠惰さが残る前期組の生徒から見れば、後期組はとっつきにくく、怖い存在にみえる。

姉御やその取り巻きはこぞって前期試験を落第した。彼らはまたも前期組に留まるか、諦めて退学するかだが、もはや格の違う後期組、上級生になったマサノに接触したり、ちょっかいを出すことはなくなった。

父からの定期便は、間もなく来た。

いつもより長い内容である。自宅のある後小路に町営の魚市場が建設中であることや、大阪の太物問屋へ修業に行った兄晴一が、手代から番頭に昇格したと嬉しそうに綴ってあった。最後に、大橋屋のことは新聞にも出たから知っているかもしれないが、一切気遣いは無用であると淡々と書き添えられていて、父のことだからと安心はしていたのだが、やはりほっとした。

マサノは、校長からつまらぬ問い合わせがあったことは一切書かずに、前期試験に合格したこと、これから三年以内に何とか後期試験に及第できるよう頑張ることを書いて折り返し返信した。

今度は、すぐに返事が来た。後期試験に及第するまでお祝いは言わないと書きながら、武内宿祢《すくね》と宇倍神社があしらわれた五円紙幣が丁寧に折りたたまれて添えられ、これからはもう手紙はいらないから、勉学に専心せよとも記されていた。

マサノは父の温もりを目の奥で感じながらその手紙と紙幣をしまった。

翌年の正月、東京女医学校は沸き立った。

睡眠四時間の井出茂代が後期開業試験についに合格したのである。卒業は後期試験の及第が条件になっていた。創立して九年間、六十八名が在籍したこの学校に、ようやく晴れの卒業者が出、医師が誕生したのである。

これこそ吉岡校長、荒太大先生が目指していた大きな一歩であった。

今回はたった一人ではあったが、これを大いに祝賀することは、対外的にも、在学生を鼓舞するためにも必要なことと彼らは思い極めた。

そこで、出講してもらっている講師陣はもちろん、東京帝国大学医学部教授、文部省、東京府の高官、その他名士や主だった新聞雑誌記者を集めて卒業式兼祝賀会が盛大に行われた。在学生も全員が出席した。

次々と来賓の祝辞が披露された。本校からの女医の誕生を祝し、女性の社会への進出は喜ばしいといったごく穏便な挨拶が続いたあと、ある高名な男性医師が、

「医術開業試験に及第者が出たことは、大慶に存じ、吉岡夫妻はとてもお喜びのことだろうと思う。しかしながら、女医を養成する学校の存在が、日本社会においてどういう意味を持つかを考える時、諸手を挙げてこれに賛同することができるであろうか。子孫を残そうとするのは人間の生物学的運命であり、それは女子しかできないことである。とすれば、女子は母となり、子を育てることではじめて社会的存在となる。医学もまた、この法則に則って発達してきたものである。しかるに、多くの女子が職業を有して独立することは、この社会的存在をないがしろにすることになる。多くの女子に医学教育が授けられ、女医が増加するこ

とは、晩婚もしくは独身生活を強要することとなり、生物学的にも、国家的にも必ずしも益するものではないことを、ここで述べておきたいと思う」

とやってのけたのである。

この頃、新聞雑誌で話題となっていた、「女医亡国論」である。

拍手が起こり、鳴り止まなくなった。

突然、祝辞を頼まれてもいない興奮した一人の男性が、壇上に上がり、

「今のお話を聞いて、私も一言言わせてもらいたくなった。当節職業婦人がはびこってきているが、女給だの、女工だの、ダンサーならともかく、医者は男がやればよく、取り上げ婆に毛の生えたようなものにすぎない女医は要らない。手術をして、平気で血を流すような殺伐な女が増えたら、それこそ国が滅ぶ、寒心に堪えない事態であります」

大声で一席ぶったのである。

そこからは、祝賀会が討論会に変わってしまい、収拾のつかない状況に陥った。

「女は月経があるから手術室が穢れる」

「女は妊娠して仕事を休むからいけない」

いつ終わるともない議論が飛び出して、卒業式は混乱に陥ったかにみえた。

そこで、

「前内閣総理大臣、大隈重信伯爵が先ほどご到着になられました。大隈伯からのご祝辞がございます」

そう司会者が紹介した。

当時は政界から引退し、早稲田大学総長を務めていた大隈は一八〇センチに近い長身を、ブラックタイに固めている。明治二十二年、暴漢に襲われて失った右脚は義足で、右手にスッテキをつきながらゆっくりと壇上に向かった。

不測の討論会で騒がしくなっていた場内が静まり、すべての瞳が、大隈の一挙手一投足に注がれた。

「只今の諸君のお話を承っていると、女子高等教育及び女医の将来に関して激しい論争が行われているようであるが、この議論は、かりに明朝まで続けてみても、恐らく解決のつくものではあるまい。むしろ諸君、この卒業生に藉《か》すに十年乃至十五年の歳月を以てせよ、事実の現れる成績の如何によって結論が得られるであろう」（竹内茂代著「吉岡弥生先生と私」金剛出版社、昭和四十一年刊より）

大隈が切り出すと、熱くなっていた人々の頭が一気に冷やされた。また、こうも述べた。

「医者と弁護士は、人の悲境に立ち会う者であるがゆえに、それを悪用した結果が恐ろしい。ただの技術や知識だけでは駄目で、なによりも先ず人格の陶冶《とうや》が必要である」（同）

これを聞いていた井出(のちの竹内)茂代は、電気にでも打たれたように身体の戦慄が止まらなかったと述懐している。

この大隈の演説は、井出だけでなく、マサノをはじめとした後期組の生徒を震撼させるに十分であった。試験に合格することはもちろんのこと、そこからの女医としての働きぶりこそ、日本の社会全体がじっと窺い見ているということなのである。

井出はすぐに女医学校附属病院(同年十一月に至誠病院として正式許可を受けた)に採用され、「先生」と呼ばれ、月給が支給される立場になった。

吉岡校長も、正式な医師は、生徒とは雲泥の差があることを、これ見よがしに演出した。病院は吉岡校長と、外に頼んだ何人かの非常勤医師(男性)で切り回していたが、非常勤医師は長続きせず、当てにならなかったから、病院としては困り果てていた。

そこへ、自前の医師が誕生したのである。医師になりたてとはいえ、後期生の実習では、見習い医師のごとく何でもさせられていたので、かなりのことが既にできるようになっていた。

毎日の外来患者、入院患者を任された上、手術の準備もしなければならず、井出は朝から多忙であった。それだけでなく、後期生の臨床講義に出す患者を選び出し、生徒への指導をしたり、看護婦養成のための講義もするので、準備は夜遅くになる。四時間睡眠の日々は、なおも続いていたのであった。

住居は、寄宿舎から当初は病院当直室一室が井出先生一人のためにあてがわれ、生徒とは明らかに格の違う仕事内容と待遇になった。

「井出は廊下で聴診器を振り回すから、危なくてしょうがない」とか、「あの医者顔はとても見ていられない」

悋気《りんき》からか、面と向かっては言えないのに、周囲につっかかる後期生が一人だけいた。その人は、あることないこと尾ひれをつけて校長に告げ口までしているのを目撃し、マサノはこれだから女はみくびられるのだと密かに思った。だが、当の井出は超然としているので、マサノも何も言わず無視して過ごした。

校長も、その後期生の告げ口を取り上げるどころか、井出に同窓会雑誌『女医界』の編集を任せ、井出の住まいには当直室よりもっと広い、学校内の台所付の『女医界』編集室をあてがうという、特別扱いまでした。

この頃のマサノは、入学したころの可憐な面影をまだわずかには残してはいたが、後に同僚が「黒水晶のような瞳、すらりとした立ち姿、落ち着いた態度」と評したように、流行の廂髪《ひさしがみ》の脇に耳朶《じだ》を覗かせ、賢さと決意をよく表した濃い眉に黒目がちの眼《まなこ》、そして小ぶりながら通った鼻筋と結んだ形よい口元は、すっかり大人びた佇まいに成長していた。

無駄口を叩くこともなく、一心に勉学に勤しむ奥ゆかしさは、女子しかいない学校でなかったら、まず放っておかれるはずのない垂涎《すいぜん》の魅力を湛えている。

東京女医学校は井出の卒業後、後期組の試験合格者を次々生み出すことになった。明治四十一年には前期試験を大阪で合格していた中川だいと木阪ゆく、翌年には大貫セン、そして明治四十三年にはマサノをはじめ、井田ツモ、長鹽繁子、水谷志津勢の仲間たち、さらに菅沢鶴、下村よしゑ、町田満、長谷マキ、今村みよゑ、高田はつ、島倉まち、大石胖質の計十二名が大挙して合格したのである。

マサノはこの中で最も若く、まだ満十九歳であった。

東京日日新聞は『未成年の女医者』の見出しで、次のように報じた。

――数え年二十歳の尾崎まさの子という少女は、今回文部省の医術開業試験に合格したり。まさの子は愛媛県喜多郡内子町尾崎綾三郎（註・五平改め）氏の長女にて、（中略）僅か十七歳で前期試験に合格し、続いて本年四月施行の後期学説試験並びに実地試験に及第したるところ、未成年の悲しさに、直ちに開業免許を受くる能《あた》わざるを以て、明年丁度に達するを待ちて下附さるる事となれり。（下略）

とは言いながら、学校はマサノの卒業をもろ手を挙げて認めた。

地方から東京に出てきて、医師となって卒業した者の多くは、故郷に錦を飾るべく直ちに地元に帰り、地元の病院、医院に就職したり、無医村に近いところから来ていた人はいきなり開業する場合もあった。

マサノは、井田ツモ、長鹽繁子、水谷志津勢ともに、先輩井出茂代や大貫センのいる至誠病院の医局に入局した。

この頃、東京女医学校はどうしても専門学校へ移行しなければならない事態にあった。というのは、去る明治三十九年に公布された医師法により、従来誰でも受けられた『医術開業試験』は明治四十七年（大正三年）までの暫定期間を以て廃止することが決定されたためである。

それ以後は医師国家試験となり、それを受けられる資格者は医学専門学校卒業者に限定されることになった。このため、それまでに医学専門学校への昇格が認められなければ、学校自体の存続が無意味になる。

吉岡夫妻は明治四十二年六月『東京女子医学専門学校設立申請書』を、東京府を経て文部省に提出した。ところが三か月経っても、半年たっても梨の礫《つぶて》であった。

吉岡弥生の母校で、やはり医術開業試験の予備学校の性格を帯びていた済生学舎の校長、あの高名な長谷川泰でさえ、専門学校に昇格させるのに失敗した。

男女共学は風紀を乱すとの批判を避けるために、女子学生を追放するという蛮勇まで奮ったのに、である。それを知る吉岡は、いらいらしていた。

ある人に、お役所というところは書類を出し放しではいけないのだということを聞いてきた吉岡は、今度は猛然と文部省に出かけて、照会した。

「そのようなものは一向に知らぬ」

という返事。今度は東京府庁に行ってみると、

「それは、文部省に申達ずみである」

というばかりである。

荒太は近頃糖尿病が悪く、半病人になっていて、無理はさせられない。結局弥生が診察や往診の合間に文部省や東京府に行ったり来たり、押し問答を繰り返した。

内心は大声で怒りたくなり、また気が急いて泣きたくもなったが、

「それでは捜しておきますから」

と役人に言われれば、引き下がる以外にない。

ここで喧嘩をしてしまえば、一層の時間がかかるばかりか、あっさりと却下されてしまうかもしれないと怖れ、じっと我慢するしかなかった。

その間にも、在学生やその親からの問い合わせは引っ切り無し。新入学希望者の質問にも専門学校への昇格は確実と回答しておかなければ学生自体がいなくなってしまう。

「あ、また来た」

嫌な顔をされても、顔と用事を覚えてもらうことが大切と、弥生は文部省に日参した。何度か通ううちに、書類は文部省の庶務課の書類の中に引っかかっていることがわかった。今度は前へ進むかと思えば、そんなに簡単でもなかった。

文部省の考えは官学万能で、私立には極めて冷淡、加えて職業婦人排斥論だの、女医亡国論だのが新聞を賑わしているから、旗色は決してよくなかった。

明治四十三年になって、ついに、

「それでは、一度学校と病院を見せていただきましょう」

というところまで漕ぎ着けた。

シェーデル（頭蓋骨）が一つと試験管十本、学生四人で始まった学校も、少しずつ生徒も、設備も増えてはきた。だが、ことに設備は国から金の出る官学とは比較にならない貧弱さであった。

文部省の視学官が来ることになったのは大きな前進ではあっても、呆《あき》れられておしまいになる可能性もある。

校長だけでなく、医師や学生も大いに心配した。

マサノも視学官が来る日を知って、何かできることはないかと考えていた。視学官はどこを見るだろう。学校なら解剖室だろう。病院は、教育するに十分な患者数があり、手術、処置、治療が適切に行われているかである。

そう思って見渡してみると、医師は増えてきたが、入院患者も外来患者もまだ少ない。六部屋ほどある病室のうち三部屋は誰も入院していないありさまだった。

医局でそのことが問題になった。医局長の役割を果たしている井出茂代も、同じように心配していた。そこで、皆に諮《はか》って、当日医師や学生の何人かをベッドに寝かせて、入院患者の水増しをしようということになった。

「けど、若い患者ばかりじゃ変じゃない」

誰かが危ぶんだ。

それで、井田と、学生で少し年かさの二人が患者役になることに決まった。

「そうだ、用務のおばさんを入院させてはどうかしら」

マサノが提案した。

皆が顔を見合わせて含み笑いした。太りじしで血色のよいおばさんで、病人には似合わないからだ。それにちょっとおしゃべり好きだから、余分なことを言いそうだ。

でもこんな時だ、選んではいられない。

言いだしたマサノが、その世話焼きの用務員のおばさんに、事分けて話すことになった。

「そういうことなら、丸一日何も食べずに、ふらふらしながら入院することにしましょうか」

請け合ってくれた。

外来患者には、勤務している看護婦の家族や、通学生の祖父母を動員して何とか形をなした。

井出医局長は、親に買ってもらったという個人持ちの医療器具を病院に持ち込んで、格好をつけた。

瀬戸と名乗る視学官が技官を連れてやってきた。井田と用務員のおばさんが入院している部屋に、井出医師とともに入ってきた。井田のところで、

「こちらの若い方は、どういうわけで入院ですか」

瀬戸が井出に尋ねた。

「この方は月経困難症で、調子が悪いんです」

「ほう、どんなに」

今度は井田の顔を見ながら聞いた。

「月経になると、頭痛はひどいし、吐き気がしてものが食べられなくなります」

打ち合わせ通りに井田は繕った。その調子、その調子、後に並んでいたマサノはほっと胸

をなでおろす。

「そりゃあ、大変だ。でもそれなら家で寝てればすむことでしょう」

意地悪く言い放つ。

瀬戸は、役人を装っているが、もしかすると本物の医者なのかもしれない。医師でなければ、そういう婦人特有の話をすれば、だいたい逃げ腰になるはずだからだ。

「この度は、感冒で食事がとれなかったことと重なりまして、貧血も重篤なので入院させております」

自信たっぷりに井出が説明すると、

「まあ、いいでしょう。ではこっちのクランケは」

と用務員のおばさんが寝ているところに近づいた。クランケという言葉を使った、やっぱり医者なのだ。

おばさんは、体格の割に気が弱く、心配そうな顔をしている。余計なことを言わなければいいがと思っていたが、恐縮しているから大丈夫か。

「遠藤さんは、糖尿病です」

「この病院では、尿糖をどうやって測っていますか」

沈黙が支配した。

実はこの病院では測れない。そこにいる医師たちはどう答えようか迷っている。

「ここの先生方は、そもそも尿糖の測り方を知っておるのですか」

まるで口頭試問だ。

皆、気おされたか、互いに誰か知っているか目で探しながら、なおも沈黙が続く。

視学官が何か言い出そうとした刹那、マサノが口を開いた。

「ニーランデル法という糖の還元作用を利用した試験があることを本で読みましたが……」

「おやおや、知識だけはあるようだな。この病院ではまだできないだろうな、その試験は。帝大ならできるぞ。必要なときは私に言いなさい」

瀬戸は勝ち誇ったように胸を張った。

一通り回り終ると、かねてからの段取り通り、吉岡校長兼院長の部屋に井出医師が先導して案内した。

残されたマサノと長鹽は、患者になっていた井田と用務員のおばさんがいる病室に踵を返した。そこで、井田がマサノににっこりと囁いた。

「さすが、よく勉強していたわね。あれ、点数を稼いだかもしれなくてよ」

長鹽も、「あいつ、ちょっと驚いた顔していたもの」と声を潜めて同意した。

一方、院長室では、

「本日はありがとうございました。まだまだ不十分なところがあるかと存じますが、現況をご覧になって、いかに改善すべきかをご指導いただけるなら幸いです」

吉岡が懇願した。

「まず設備を完全にしなさい。それからクランケは婦人と小児が多いようだが、医学はそれだけではだめだ。もっと幅広く学ばせねばならぬからな」

その後もそれ以上の具体的指示はなく、時が過ぎてゆく。

あの高慢な瀬戸視学官が、文部省にどう報告したのだろうか。認可しないとすぐに結論が出されなかったことからみれば、少なくとも、箸にも棒にも引っかからないと判断されたわけではないのだろうと楽観視する声もあったが、吉岡校長も医師たちも気を揉んでいた。

八月になって、専門学校としての必要な最低条件の提示が文部省からあった。東京女子医学校だけでなく、日本医学校や関西の医学校などの私立が、専門学校への昇格を申請しており、文部省も基準を示さざるをえなくなり、ようやく重い腰を上げたのである。

その内容は、以下の通りである。

一、施療患者の病室を少なくとも二十五設置すること

二、年間少なくとも二十五体の解剖実習を行うこと

三、各科の診察室を設けること

この三つのうち、どれが欠けても認可しないという厳しい条件であった。

そのどれも、今の女医学校は適合していない。一と三は何とか取り繕うことができそうだが、二は細かく調べられるので、しっかり実績を残さなければならない。

医局長格の井出茂代は、この頃のことを、次のように書残している。

――解剖の材料も、昔のように、犬や猫の死骸では、もう間に合いません。どこそこに行き倒れがあると聴けば、警察へ駆けつけて、『気の毒ですから葬式をしてあげます』というと、警察の人もその頃は、別にやかましいことをいわずに引き渡してくれましたから、誰も世話する者のない行き倒れの死体を科学的に生かして使うことができました。

東京女医学校を専門学校に！

官尊民卑、男尊女卑が依然として世の中心思想を形作っている日本、その冷たい空気を匂わせた高慢な行政が大手を振って行われている東京の中心。

そこから僅かに北西部に離れた牛込区河田町にだけはしかし、東京女子医学校を専門学校に何としてもするのだという熱気を立ち上がらせながら、明治四十三年が暮れた。

4 天賦

明治四十四年にマサノは、正式に医師として登録された。

それは形の上だけのことで、実践上は試験に合格して以後、同時に合格した井田、長塩らと同じ医師の資格で至誠病院を支えた。

そもそも、試験前の後期学生の実習においても、見習い医師として医師と概ね同等の仕事をこなしていたから、正式に医師として登録された時点では、知識においても、実践においてもかなりの実力と経験とをすでに備えていた。

当時、上級医師のもとで研修することを、『研究』とか『実地研究』という語で表現していた。今日、医学研究といえば、学会や論文として発表するような題材の研究を遂行したり、疾患や病態に関連する基礎医学実験をすることを指す。あくまで日々の臨床経験を加えるだけの当時の『研究』とは言葉の意味は大違いだが、『××病院で、×年間小児科研究を行った』などと医師の履歴書には、ごく普通に記されていた。

この小説でも、今日いうところの『研修』を、当時の言い方に倣って『研究』『実地研究』という用語を用いることにする。

そういう言い方を用いると、マサノもこれまで至誠病院で少なくとも三年間は医学研究を行ってきたことになり、もう一通りのことは出来るようになっているのであった。

ただし、瀬戸が指摘したように、この病院の患者は婦人や婦人に連れられてくる乳幼児が大半なので、お産や婦人病や、乳幼児疾患についてはそれなりの経験を積めたが、全身どの領域の病気も均等に経験をすることはできないという欠点があった。

明治四十四年十一月、女医学校内の大部屋で、日本女医会秋期大会が開催された。

日本女医会は明治三十五年四月に前田園子、塚原雄子を幹事として鶯谷このはな園で開催されたのが最初であり、以後春秋二回開かれている。参加者は大体十名前後と少数で、来会者がないため中止になったこともある。

井出を幹事として開催された今回は来会者が二十一名にのぼり、さしもの大部屋も満員御礼であった。それも、マサノをはじめ水谷、長鹽、島倉、井田、町田の昨年合格組に、仁藤ツヤ、金倉トクの今春合格組の東京女医学校出身の東京在住者がこぞって参加したからで、ほかにも日本医学校出身の三名や、ペンシルバニア大学出身の曽根操が新会員として出席、いつになく賑やかな会合になった。

午後六時半に井出の開会の辞にはじまり、次いで吉岡弥生女医学校校長が、本会の趣旨や列席していた本会創設者前田園子女史の功労を述べた後、半数以上に及ぶ新会員が紹介されてから、晩餐となった。

日本女医会雑誌第六号は、その盛会の様子を次のように伝えている。

——席上、曽根、柳沢（米子）両女史の米国に於いて（ママ）感想談等あり、快談百出興の尽くるを知らざりし、殊に今回は多数の新会員を得、新旧思想の交換をなし得て、互いに益する処多かりき、それより福引の余興等出て、滑稽のもの多く、楽しく散会したるは午後九時半なりき。

この会には我が国女医会の先達たる、公許女医第一号の荻野吟子、同第三号の高橋瑞子両女史の出席が予定されていたが、直前に両女史とも不都合が生じて出席できなくなったことも伝えている。

マサノは翌年三月、神田錦町の三河屋で開催された春期大会にも出席しており、この名にし負う二人の先達に、そこで邂逅《かいこう》している。

明治四十五年三月、その春期大会の二日後のことである。

吉岡校長の並々ならぬ働きだけでなく、医師になった女医学校出身者も一緒になって専門学校への昇格を目指してきた甲斐あって、ついに文部省から認可の通知が届いた。

かねてから用意しておいた『東京女子医学専門学校』の白木の看板が、朝日が当たって何ともいえぬ輝きを示したとき、マサノも、この学校を卒業すれば、堂々新制度の医師国家試験の受験資格ができるという、今までよりも格がずっと高くなった母校の誕生を心から喜び、爽やかな気分になったのであった。

東京女医学校が創立された明治三十三年には、照明はランプ、水は井戸、前の道路にはガタ馬車とよばれる乗合馬車が走っていた。専門学校に認可されたこの年には、ランプは電燈になり、井戸は水道になっていた。電話も開通した。道路に乗合馬車の姿はみられなくなり、市電とよばれる路面電車が走る。

十二年の間に、東京も、学校も病院もすっかり様変わりしたのである。

マサノが前夜から当直していた明け方早くのことである。一人の患者が家族に伴われて来院した。前夜、畑仕事の帰りに、道端から転げ落ちて左頬を強打したという宇野ウタ子と名乗る女であった。

診ると、左側の顔全体が醜く腫れて変形していた。とりわけ、左頬から左眼の付近と唇の左側がどす黒く腫れて痛みがあり、左眼は自力では開けられない。開口さえもままならず、発する言葉が聞き取りにくい状態だった。

皮膚には擦過傷があり、血が滲んでいた。だが、夕べから家でずっと冷やしながら明けるのを待っていたとのことで、局所の熱は高くはなかった。

現在なら、X線やCTなどで骨の状態を調べるところであろうが、まだその技術は影も形もない。マサノは引き続き冷やし続けることと、痛みや腫れを軽減させるために、亜鉛華軟膏を処方し、明日も来るように指示した。

宇野は翌日も翌々日も来なかった。マサノは、段々腫れも痛みも軽快してきたからだろうと思っていた。

ところが、一週間もしたころだろう。宇野が歩くのも辛そうな様子で来院した。その姿をみて、マサノはいささか嫌な予感がした。

話を聞くと、一旦改善していたが二日前から左頬の一部が再び激しい痛みを持って腫れただけでなく、発熱し、動くのも辛くなり、口唇は全く開けられなくなったのである。前よりましなのは、左眼が多少開けられるようになったことくらいである。

マサノの脳裏に咄嗟に浮かんだ連想は『破傷風』と『ガス壊疽《えそ》』であった。実際にその病気の患者を診たことはないが、そのようになってゆく可能性を危ぶんだのである。そうなれば、もちろん致死率は非常に高い。

知識があっても、実践の場でそれが頭に浮かんでくるかどうかというのは、勉強しているだけで出てくるものではない。医師の経験年数が嵩《かさ》んでいるかどうかも、必ずしも関係がない。

むしろ、医師としての想像力の多寡に関係するように思われる。もちろん、過去に類似症例を経験していればそれが生きるだろうが、経験のない事例に、適切な連想ができるかどうかは、おそらく生得的なもの、天賦のものといえよう。

また、病気を一つ見つけると、そばに別の病気があっても気付かないまま過ぎてゆくことがあるのは、昔も現代も大抵の医師が苦い失敗として体験している。

この場合も、怪我の傷だけに拘ってみていると、『破傷風』とか『ガス壊疽』という嫌な連想は出てきにくい。そういう意味で、マサノは知識だけでなく想像力にも富み、実践臨床家として恵まれた素質を持っていたといえる。

単なる擦過傷と思っていた部位が特に腫れている。

「擦過傷と思っていたけれど、何か異物でも迷入したのかしら」

マサノは局所の腫れの具合を診て、そう感じた。そして即座に局所を切開した。大量の膿が出てきた。破傷風やガス壊疽が怖いので、直ちに入院となった。破傷風抗毒素が使えるかどうか、北里研究所に問い合わせる一方、マサノは別のことを思い立った。

瀬戸視学官に尿糖はこの病院では測れっこないだろうと言われて以来、マサノは例のニーランデル法が出来ないか、院内で実験していた。

ドイツ語の医書を一語一語翻訳して、やり方の概要はわかった。次硝酸ビスマスが試薬として必要だった。これは日本でも下痢などに用いられる薬物で、入手は比較的容易なのは幸いだった。

「これで、できるかもしれない」

検査に当てられている部屋で、マサノは連日試験管を振った。

水の中にいろいろな濃度の砂糖を入れた砂糖水を作り、何度も検査の再現性を確かめた。

このようなことをマサノがしていることは、自分からはわざわざ言い出さなかったから、同僚の誰も知らなかった。

ある晩、同室の井田が検査室にやってきた。

「尾崎先生、このごろ、何か一人でこそこそ実験しているでしょう、違う」

井田の口調は咎め立てているのではなく、興味津々というところだ。

試験に合格してからは、学生時代と違って、皆先生と呼ぶし、医師同士でもこのように呼ぶのが、誰かが決めたわけではないがならわしとなっている。

マサノは尿糖を測れるように実験していることを話すと、それが成功すれば、吉岡夫妻には吉報になるに違いないと井田は言った。

大先生はずっと糖尿病に苦しんでいるが、尿の検査は帝大に行ってしているらしいとのことだった。それならと、マサノの実験にも力が入った。


「例のニーランデル法はうまくいっているかね」

数日後、大先生が不意にマサノの実験現場に姿を現した。

「実験の上では、糖の還元作用で試薬が褐色に変わることがわかりましたが、まだ、実際のハルン（尿）を使ってみていないので、正しく測定できるかはわかりません」

「そうか。尾崎先生も知ってのとおり、私はかなり重症の糖尿病だ。だが、この病院では検査ができないから、学校に客員で来てもらっている帝大の先生の伝手で、そっちに通っている。尾崎先生の尿糖検査法が成功したら、わざわざ向こうにゆかなくてもいいと思っているのだがね」

そう言いながら、これは僕のハルンだと、ふた付きのガラス瓶を寄越した。

「帝大でさっき検査した残りだが、結果が同じに出るか、やってみてくれ」

マサノは、検体を丁重に受け取り、早速検査にとりかかった。

検体の一部を試験管に移し、苛性ソーダでアルカリにしておいた溶液中に次硝酸ビスマスを添加した混液を加えた。その試験管を沸騰水の中で二、三分加熱させていると、中が黒っぽい褐色に変じてきた。

これを四種類の濃度の対照液による変色の程度と照らして、マイナスから3プラスまでの段階に評価するのである。

「大先生の検体は、これですと、1プラスと2プラスの間くらいでしょうか」

マサノが結果を告げた。

「そうか、帝大のと大体合致するね」

嬉しそうに告げ、以来、大先生はマサノのこの検査に信頼を置くようになった。

大先生はお返しの積りだろうか、今自分が帝大でどのような治療を受けているか、ドイツ医学でどんな対応をしているのか、糖尿病に関する新知識をマサノに懇切に授けた。

以後、しばらくの間、マサノは大先生の主治医になり、糖尿病の勉強に専心した。

糖尿病は当時、死亡率の高い疾患であり、絶食療法だの、低炭水化物食が主流であった。インスリンが発見されるまでには、なお十年余り待たなければならなかった、糖尿病先史時代の話である。

マサノがニーランデル法による尿糖検査に自信を深め、糖尿病やその合併症について知識を広げていた時期に、怪我としては普通でない経過をとる宇野ウタ子を診ることになった。

糖尿病で頭がいっぱいになっていたマサノは、何でも糖尿病に結び付けていた。彼女の傷が悪化したのは、糖尿病があるからかもしれないというふうに。

確かに、糖尿病があると、傷が治りにくく、細菌感染も起こりやすいことはよく知られていたからである。

早速マサノは、宇野の尿検査をした。すると、案の定2プラスの尿糖が検出され、糖尿病であることがはっきりした。その結果は、図星で嬉しいというより、大変だという気持ちになった。

マサノが排膿の処置をしてから、宇野の容態はみるみる改善しており、破傷風やガス壊疽の危険性は去ったが、糖尿病は致死的な病で、傷から感染すると、全身に細菌が飛び散る菌血病になる可能性もあった。

当時、日本では低炭水化物食や絶食が唯一の治療法であった。絶食をしすぎて、飢餓もしくは栄養失調で命を落とす例も少なからずみられた。

大先生に聞くと、帝大では、極力、炭水化物は少量にして、脂肪や蛋白質を多く摂取するよう指導されていた。そのやり方に準拠して、

「ごはんや芋は一日一回少しだけにして、魚、肉、卵、豆腐、野菜でお腹を満たしなさい」

マサノは宇野にこう教えた。

教えただけでなく、マサノは自分で魚や野菜のてんぷらを揚げたものを、愛用の漆塗りの竹編みの折りに入れて持参し、

「こういうのは、身体にいいのですよ」

と食べさせたりした。

外来処置から入院の間にマサノにすっかり信頼を寄せた宇野は、いよいよ退院するという時、お願いがあると改まった。

「私の田舎にいる姪を、ぜひ尾崎先生にみてもらいたいのです。地元のお医者様では、どうもわからないらしい。近く引っ張って連れてくるから、何とか……」

「何か難しい状態なのですか」

「姪はとても健康な子だったのですが、近頃は身体が重くて動けない、ものは食べられない、畑仕事にも行けないという状態です。私よりずっとひどい糖尿病かもしれない。でも村のお医者様はそうは言ってません。でも、田舎ですからね」

その先もありそうな、口ぶりなので、マサノは先入観を追いやって、しなやかな心のゆとりを持って続きを待った。けれども、話はそれで途切れたままになった。

「田舎はどちらでしたっけ、私も愛媛の田舎育ちなものですから」

マサノの言葉に誘われるように、宇野は語りはじめた。

「田舎は群馬の山奥ですが、先生もご存じと思いますが、元代議士の田中正造先生の出身地の近くです。そんなところですから、姪が身体を壊したのではないかと案じているのです」

田中正造といえば、足尾銅山からの鉱毒が渡良瀬川に流入し、田畑や山林に大きな被害をもたらした足尾銅山鉱毒事件を議会で告発しようとした人である。その告発は無視され、農民運動へと発展、田中はこれを支えた。しかも、最後の手段として、実態を天皇陛下に直訴せんとしてこれもまた阻《はば》まれたものの、その直訴状は世に広く知られることになった。

マサノも話としては知っていたけれども、自分の生活や医学と結び付けて考えたことはなかった。

それからひと月も経ったころ、

「ようやく連れて参じました」

宇野は三十代と思われる姪を伴ってやってきた。

家事や畑仕事をしようとしても、すぐに身体が重くなって動きがとれなくなるのだと、病院にはようやっと引きずられるようにしてやってきた。

食欲がなく、無理に食べると戻してしまうという。両眼に多少の充血があり、眉間に皺を寄せて、眩しくて眼が開けにくいのだとも訴えた。

本人も宇野も、症状が鉱毒の影響ではないかと内心気に掛けているのだが、地元の村医に

は、

「そういうつまらんことを吹聴する奴らがいるらしいが、そんなバカなことはありえない、ただの怠け病だよ」

一蹴されてしまった。

痩せた腹部をマサノが触診すると、肝臓がいくらか腫れている。顔色はやや褐色がかり、まだまだ若いのに皮膚の艶が乏しいとマサノは感じた。

「家族や、近所の人の中にも、具合のよくない人はいるのですね」

マサノの問いに、人のことはよくわからないのですけれどと前置きして、家族は皆元気に見えるが、周囲には胃や眼を悪くしている人もいるようだと答えた。

川も土も汚染され、山の草木も枯れている。田舎の風景はどんどんと荒れているので、農地を棄てて出て行く人もあると、涙しながら微に入り細に入りその人は説明した。

農作物のように人の手をよくかけなければ実らない植物は脆弱かもしれないが、どんな高地や寒冷地でも、雪の残る日陰や岩肌の間にも生え、尋常でない生命力のある植物群がことごとく枯れているという環境だとすれば、人体に影響していないはずはないとマサノはその人の説明を聞いていて感じた。

しかし、鉱毒の影響を証明する手段を思いつかない。事実、この時代に「鉱毒」の何たるかは解明されていなかったし、検査法も未発達であった。そもそも、会社や行政はもちろん、そこで生活している人ですら、鉱毒とか公害という言葉は頭の片隅にすらない。

それでも、マサノの医師としての勘がこう言わせた。

「向こうに帰らずに、三か月ほどこちらで過ごしてみることはできませんか」

環境を変えることで、改善してくれれば間接的な証明にはなる。そう思ったマサノは宇野に訴えるように、懇願した。

「すぐに戻ってくるという約束で、田舎から出てきたので」

彼女は小声でそう応じたが、

「肝臓も腫れがあるようです。ひどくなれば命にも係わります。今できることは、転地療法しかありません。特効薬があるわけではありませんから」

マサノがそう説き、強肝作用を持つ甘草も処方した。

「田舎のおじさんたちには、私から手紙を出すから、しばらく私の家で過ごしましょうよ」

宇野が説得にかかった。尾崎先生の言うことを聞いていれば間違いがないとの自信からであった。

そうこうしているうちに、井田ツモが東京帝大の小児科に実地研究に行くことになった。

専門別分科が進み始めた時代で、東京帝国大学では、内科、外科、産婦人科、眼科、小児科に加えて、精神科、皮膚(病)科、泌尿器科、耳鼻咽喉科などが新設されてくる。しかし、至誠病院のような規模の小さな病院では、専門学校にするために形の上では各診療科の部屋を作ってはいたが、専門科の医師が常時存在するだけの人材のゆとりもなく、設備も甚《はなは》だ乏しかった。マサノたちは、内科もやれば、外科もやる、お産もやれば、手術もするというように、来院した患者の需要に応じて診療科の境界を越えて、何でもやったのである。

だが、小児科、眼科、耳鼻咽喉科、精神科など、より専門化された知識と技術が必要なものは、それぞれの専門家のいる病院に頼るほかになかった。

井田は小児科専門を目指したいと思っていたが、女医学校には乳幼児の患者は比較的多いのに専属の指導教員がおらず、これではだめだと東京帝大に研究しに行くことに決めたのである。

マサノは、生まれて初めて東京の地を踏んで女医学校に入学した。その時、井田と東寮で同部屋になって以来、いつも隣には井田がいた。

前期、後期試験とも同時期に合格した。医師としての経歴の上では同期とはいえ、九歳年上の井田には、人生の先輩として、新入学時代から世話になり、海千山千の通学生グループに言葉巧みに連れ出されそうになった時も、大橋屋が潰れて心細くなっている時も、故郷を思って寂しさが押し寄せてきた時も、井田がそばにいてくれたお蔭で、何事もなく乗り越えてこられたと思う。

学校と病院に文部省から視学官がやって来た折に、井田が患者役をしてくれたのも、今考えると滑稽な、しかし真剣な思い出深い記憶となった。

今では日常的にできるようになった尿糖検査を試みていた研究でも、井田の励ましがあった。大先生の尿の検査をするようになったのは、井田が大先生に太鼓判を押したからだということを知ったのも、最近のことである。

五年余り、当たり前のように頼りにし続けてきた井田が異動してしまうのは、マサノにとっては、単なる寂寥感とも、姉が誰かに奪われてしまうような悋気のような感情とも少し異なる、あるのが当然な温もりが失われるような、肌寂しい思いであった。


七月二十日、宮内省は明治天皇御不例を発表、同月三十日崩御。年号は大正に改元された。

宇野と姪は、その後も連れだってマサノの外来に通院してきていた。姪の顔色は、幾分生気を取り戻しており、肝臓の腫脹もわからなくなった。

「やっぱり、水のせいかしら」

マサノはそう疑ったが、仮に群馬の田舎で利用している水を持ってきてもらったとしても、検査をする手立ては思いつかなかった。

5 ハルステッド

井田の送別会は、例によって校内の広い部屋で行われた。

医師になってからは、かつての同級生たちはそれぞれ多忙になり、顔は毎日のように会わせているが、仕事以外の会話をする暇はなかった。

病院では、大貫センが去年去り、その後に病院に籍を置いた卒業生は何人かいたが、一、二か月から長くても半年で郷里へ帰って開業したりするので、人の出入りは目まぐるしい。

送別会は、恰《あたか》も同窓会のようになり、段々とばらばらになる寂しさの裏返しなのか、久しぶりに昔話が出て、大騒ぎになった。

井田の話から察すると、実家からはやく戻ってくることを切望する手紙が届き、もう少し経験を積みたい彼女は困っていた。

これはマサノも同じで、父は一日も早い帰郷を望んでいる。

両親のことを考えると早晩佐賀へ帰郷しなければならない、小児科研究が一段落したら考えようと思っているという問わず語りの井田の話を聞きながら、自分はもう暫く至誠病院での研究を続けるのだとの決心を、自ら胸に確認した。

井田の抜けた後の病院は、マサノ、長瞌繁子、結婚して姓が水谷から変わった菅志津世が中心になった。別格の吉岡院長と井出は、専ら産婦人科を仕切っていた。

長瞌はこのあと、東京医科大皮膚科講習会に入学したり、警視庁新宿病院に出向して実践力を磨いてゆく。マサノもそれをみて、他流試合をして医者としての実力を磨きたいと密かに思いを抱いていたが、他の病院に行かなくても、研鑽ができる機会が訪れた。

東京帝大外科の近藤次繁教授のもとにいた水野昭吾医師が、ある女性の乳がんの手術を当院で行うことになったのである。

聞くところによると、水野は私費を投じて、医師の留学といえばほとんどドイツであった時代に、珍しくアメリカに留学し、帰国した。主として乳がんの手術を研究してきたのである。だが、帝大ではまだ若く、実績のない彼に手術室は提供されなかった。

水野は臨時医師として、大学には隠して至誠病院に時々顔を出していた。帝大で発見したある乳がんの症例に、どうしても手術治療をしたいというのが、彼の希望であった。そして、ある日、吉岡院長に、是非当院でさせてほしいと懇願したのである。

話を聞いた院長は、水野の優秀さと、情熱を知りこれを許し、全面的に協力することを約した。そして、マサノに助手を命じた。

マサノにとってはもちろん、至誠病院にとっても初めての大がかりな乳がん手術であった。マサノは水野と綿密に相談し、準備を整えた。

麻酔は、水野の友人の帝大外科の医師が担当することになり、クロロホルムの点下法による全身麻酔であった。

「出血量が多くなると思うから、その覚悟で助手を頼む。それから感染防止だ。手術器具、術衣、手術室の清潔管理を再確認しておいてもらいたい」

端正な顔立ちで、もともと寡黙な水野が、わざわざマサノに会いに来てそう頼み、アメリカで購入したらしい新品の特別な器具を、術中使う予定だと三点ほど預けていった。

「わかりました」

そういえば、成人してからのち、患者以外の男性と一対一で面と向かって話したことなど、ほとんどなかった。返事をしながら、つい水野先生は独身かしらなどと不穏当なことを考えている自分に気づいて、ひとり恥らって頰を強張らせた。

そのあと、手術方法について水野からざっと説明があったが、詳細は見ていればわかるからと教えてもらえなかった。心配なので、学校にある書物を自分で紐解いたが、詳しい記載はどこにも見当たらず、洋書に当たるしかなかった。

マサノは手術前日、水野の指示通り、清潔に関する再点検をしつつ準備をした。器具は預けられたものを含め、再度消毒して、ひとつひとつ確認して揃えておいた。この几帳面さが、吉岡院長が助手を命じた理由の一つであろう。

実際の手術は、乳がんのしこりが存在する部位だけでなく、正常とみえる部分まで相当広範囲を切除するものであった。

癌のないところまで女の右乳房の組織をすべて取り除き、しかも胸郭前面を覆う大胸筋だけでなく、その下に隠れている第三、四、五肋骨に起始し肩甲骨の烏口突起《うこうとっき》に停止する小胸筋まで取り除く手術であった。

マサノも見学の医師や学生も、癌とその周辺だけを取り除くものと思っていたのと違い、あまりの烈々たる手術に声も上げられずにいた。

出血も多く、汗だくになって助手としての止血処理を手伝いながら、マサノは

「これが、この間、洋書の図で見たフォン・フォルクマンの手術かしら」

頭の中であの記述を反芻してみたが、小胸筋まで取り除くことは書かれていなかったと思

う。水野は、この後、今度は右腋窩《えきか》リンパ節の除去を非常に念入りに行った。

止血には、水野がアメリカで買った器具が大いに役立った。

アメリカのウイリアム・スチュアート・ハルステッドが欧州留学中に見た、ドイツのリチャード　フォン・フォルクマンやエルンスト・フォン・バーグマンらの手術をさらに改良して完成させたのが、ハルステッドの手術であった。

この手術によって、これまでは六十パーセント以上あった再発率が十パーセント以下になり、平成の今日までこれを超える手術は開発されていない（ただし、乳房温存手術、整容的再建手術や、非観血的治療は進歩している）。

このころの診察料は、たとえば一回四十銭、薬代十銭、入院費は一日等級により一円三十銭から五円五十銭のように、病院によって大体定まっていたが、手術料についてはほとんど資料がない。

外来で行われる簡単なものは、診察料に含まれていたかもしれないが、手術室で行われるものは、その都度決められていた可能性が高い。ことに、手術の場合は、術者に別途お礼を出すのが一般であった。だから、病院で治療を受けられるのは、経済的に恵まれているごく一部の層に限られていた。

手術時間は四時間を超えた。大きな手術なのに水野の手の動きはきびきびとしていながら、たおやかで見惚れるほどであった。あとで聞くと、この手術の助手はアメリカで何例もして、手術の一部分を術者として担当したことはあったが、手術全体を一人で受け持ったのははじめてだと告白した。

もう少し手際よくやれればよかったがと反省の弁があったので、あれ以上の手際というのも想像がつかず、

「助手が不慣れすぎましたから」

マサノが謝ると、

「いいや、そんなことは全然ない。お蔭で出血が最小限で済んだ、ありがとう。僕もなるべく頻繁に来るが、術後管理をよろしくお願いしたい。術後感染が一番問題だ。なにしろ術創大きいからね」

右手を高々と挙げて去って行った。

褒めと感謝の言葉が自然に笑顔と共に出てくる。この余裕は水野の医師としての実力を示しているだけでなく、洋行帰りの紳士のたしなみなのだろうかと、マサノは羨望にも似た気持ちを味わっていた。

大手術が無事終了した達成感と、水野という人物の温もりに浸りながら、着替えをして手術室から出てくると、少し先の廊下の際にどこか派手な装いの女性が一人座っていて、マサ

ノを認めるといきなり立ち上がった。

暗い廊下で逆光になる位置なので、顔までは見えなかったが、明らかに自分に用があるように見える。

「尾崎先生」

「はい……あっ」

姉御だ。マサノは気付いて驚きの声を上げてしまった。

「覚えてますか、先生」

「ええ、もちろん。姉御でしょう。柏木産業の……」

「やーだ。ちゃんと名前ぐらい覚えておいてよ、尾崎マサノ先生」

「かしわぎー……」

「柏木佐代。今は矢板だけど」

「あの頃はお世話になりました」

マサノが挨拶すると、

「あらちょっと、恥をかかせないで。でも、まさか母の手術を先生にしていただくことになるとは思わなかったわ、本当にありがとうございました」

丁寧に腰を折った。そう言えば、乳がんの患者さんの姓は柏木だった。あれから六年余りが経っている、当時から声が大きく早口であったが、今もそれは変わらない。だが、恰幅《かっぷく》が一段とよくなり、どこか悠揚迫らぬ大人の風格を醸しだしている。

「助手をしただけです。水野先生の腕は、相当なものです」

「でしょうね。アメリカ仕込みだそうだからね。至誠病院で手術をすることになったと水野先生から伺った時、びっくりしたわ。助手は至誠病院の尾崎先生が指名されていると聞いて二度びっくり」

「頼りなくて、心配でしたでしょうね」

「いいえ。尾崎先生が試験合格したこと、新聞に出ていたもの、きっと腕のいい医者になっていると思ってたわ。それで、私、尾崎先生を存じ上げていますって水野先生に言ったの。そしたら不思議そうな顔をするので、実は自分も以前医師を目指したことがあって、同じ学校にいたからと明かしたら、今度は向こうがびっくりしていたわ」

しばらく廊下で雑談してから、

「私、お母上の術後の様子を拝見に行きますから」

マサノがその場を去ろうとすると、

「私も、見舞っていいですか」

と一緒に付いて来た。

水野医師が特別に入手したドイツバイエル社のアダリンという鎮静剤を使っているせいか、柏木はよく寝ていた。呼吸も、心音もしっかりしている。今のところ発熱もない。

病室から出ると、佐代が付いてきて、

「これ、父からですけど、水野先生と尾崎先生にって」

紙袋を手渡そうとする。お礼なのだろう。

「それは、困ります。私は助手しただけですし、水野先生には直接お渡しください」

押し問答がしばらく続く。佐代は漸く諦めて、紙袋を引っ込めた。

「その代り、もう少し私の話、聞いてもらえますか」

佐代が十歳も下の自分を捕まえて、何を話そうというのであろうかと思ったが、母上の手術直後で不安もあるのだろう、あの『姉御』とは思われない低姿勢で、深刻な様子なので黙って頷くと、身の上話が始まった。

佐代は前期試験にどうしても及第できず、ついに東京女医学校を去ることになったのだという。その後、家で花嫁修業のようなことをさせられていた。父には嗣子《しし》がなく、一人娘の佐代に婿をと考えていたようだが、家でも会社でも高飛車で傲慢なせいか、これはという婿は現れなかった。

「私、この器量だから、仕方ないんだけどね」

自嘲気味である。

父は、箔付けのために女医にしようとしたが、これも不首尾に終わった。

「父に似て、ここも足りないからさ」

頭を指して笑う。

そうこうしているうちに、父のやり方は時代に合わなくなり、まわりの忠告は一切聞かない性格だから会社は斜陽になった。

母の実家が財産家なので、援助を頼もうとしてからだろうか、どういう経緯かはわからないが、もともとそれ程折り合いのよい夫婦ではなかったのが、ますます悪くなった。

「父は、昔からの取引先の矢板総業から莫大な借金をし、その形《かた》に私が矢板の後妻に入ったの。これも、夫婦仲をさらに悪くして今は別居中。父が治療費は出すけど、病院へは来ないのもそういうわけなの。自分でお礼をするべきところなのに、ごめんなさい」

佐代は申し訳なさそうに、腰を折って謝る。そして、こんな不名誉な話、水野先生には絶対したくないので、マサノからお礼を渡してほしいと懇願するのだった。

「わかった、じゃあ、とりあえず水野先生の分だけ預かるわ」

ということにした。それともう一つ、と佐代は一段と沈んだ表情で、

「実は、私の右胸にもしこりがあるの。癌かしら」

江戸時代の医書に『乳岩』の記載がある。癌は『岩』を語源とするという説がある。

「じゃあ、早く水野先生に診てもらったら」

「やあよ。これでも女よ」

あんな、きれいな顔をした男性に診られたくないというのだ。マサノが困ったという顔をして佐代を見た。結婚しているのだし、そんな駄々をこねる場合じゃないだろうにという気持ちである。

「尾崎先生が診てよ」

「えっ、私じゃわからないかも」

正直に応ずると、

「マサノが診て、疑わしいと思ったら言って、決心して水野先生に診てもらうから……」

「ほんとに私でいいの」

「お願いします」

姉御は只管《ひたすら》頭を下げる。

前期組時代の佐代は、女親分よろしく肩で風切る勢いであった。だが、それはもしかしたら取り巻きに作られてしまった虚像だったのではなかろうかと、マサノはふと思った。

「では、今でよければ、診察室に行きましょうか」

マサノは自分がいつも診察している部屋へ誘った。日暮れ近くで、外来患者はおらず、看護婦もほとんど帰宅してしまい、閑散としていた。

レントゲンさえないこの当時は、触診がすべてであった。

手の甲に力を込めずにすべらせながら、指の背で腫瘤を感じとる触診法は習っていたが、経験が少なく自信が持てなかった。

乳腺の発達状況を知るためにも、夫婦生活の少し立ち入ったことを聞かざるを得ない。

「夫は二十歳も上なのよ。先妻の三人の子供は上が二十二歳、一番下が十五歳で、もう子供は要らないんだって。いずれ、柏木産業は矢板の下に組み入れられるしかないから、父は私の子が欲しいのだけど、矢板はそういう気があまりないの。あっちの方も弱いしね」

「そうですか。で、このしこり、痛みはありますか」

「そうなの、しこりは結構前からあって、月のものが始まる前なんかに腫れてきて、痛いのよ。ねえ、こんな話、あの水野先生の前じゃ恥ずかしくてできないでしょ、尾崎先生でよかった」

そう漏らしながら、顔をいくらか赤くしている。こんな純な人だとは思っていなかった。

「しこりは小さいし、柔らかいし、癒着もしてないと思う。その上、癌だと痛みは少ないと言われているから違うと思うのだけど、正直自信はないの。こういうの、実地経験が大切だから、やっぱり、やっぱり……」

「やっぱり、水野先生に診せなさいって言うんでしょ。わかったわ、考えておく。癌でもいいの、癌なら、やっぱり母の子だったと思えるから」

佐代は身じまいをしながら、意外な発言をした。

父にばかり似て、気立てのいい母には似てないって皆に言われ、娘時代はもしかすると……などと考え込むこともあったと告白した。

「父には妾がいてね、別のところに住んでいるの。盆暮れには正妻の母のところに菓子折りをもって挨拶に来るのよ。母は、挨拶に来る前の日くらいからいらいら、そわそわしていてね、何を御馳走して、何を土産にするかなんて考えて、女中にあれこれ指示しているの。正妻の威厳を示すためなんだと思う。その日の緊張は、子供の私まで伝わってきて、嫌な感じ。でも、その女の人には、子供は会わせてもらえないの。だけど、すごく関心はあるわけ。二階の窓からやって来るところを盗み見たりして。ある時から、その人と私の顔が、どこか似ているような気がし出して……」

佐代の話が終わらないうちに、マサノが口を挟んだ、

「病気の有無や、顔が似ているような気がするかしないかで、親子を決めるのは間違っています」

マサノは、自分でもびっくりするほど強い口調で言い募った。

「血を分けた子であろうが、あるまいが、小さい時から自分の両の乳房を抱かせて、苦しい時も、辛い時も、いつも変わらず一心に愛情を注いで育てあげた子供が、そのようなあらぬ疑いを持っていると知ったら、母上はこの上なく淋しいと思うわ。子供への愛の象徴ともいえる乳房の片方を失って、母上はいま、人に言えない喪失感を味わっていると思う。再発や転移の怖れも去ったわけではない。そんな悲惨なこと、自分の子供には絶対に経験させたくはない。もしも万が一の時、母上の気持ちは今の自分の喪失感の比でなく、もう絶望するに違いない。もちろん、命を落とすよりはましなのだけれど……。

あら、私、何言ってるのかしら、これって医者の言葉ではないわよね。ごめんなさい、私、母を早くに亡くしたものだから、平常心ではないのかも……」

マサノの言葉を黙って聞いていた佐代は、段々と俯いてしまっていた。顔を上げると、双眸に涙を溢れさせている。

「自分のことしか考えていなかった。いつも、父のそういうところ詰《なじ》っていたのに、今の自分が一番醜い考えを持っていた」

佐代が声を絞り出した。

「そうかしら、自分をそういう風に客観的に見ることができるのなら、その考えはちっとも醜くない」

「私が一番気に掛けなければいけないのは、自分のことなんかではない、病床にある母のことよね」

佐代は呟く。マサノは黙って頷く。

「……そう気付かせてくれたのは、母が一番喪失感を味わっているという尾崎先生のさっきの言葉よ。毎日を、表面しか見ていなかったのね、心では見ていなかったというか……。失礼なことを言うけど、あのころほんのお子ちゃまだと思っていた尾崎マサノから、こんなことまで教えられるとは思ってもみなかったわ」

佐代の顔が泣き笑いになった。

「私も全然、人間修業が出来ていないって、毎日いろいろな患者さんと話をしながら思うわ。だって、ほとんどが立派な大人の人でしょう。医学のことは私の方が知っていても、私より人としての知識も、経験もあって、酸いも甘いも知っている方ばかりだもの」

「そうよね、生きるって修業なのよね、きっと」

「佐代さん、当たり前だけど自分のことも大事に考えてね。水野先生に会ったら佐代さんの件話しておく。余計なことは何も話さなくてもいいように」

「ありがとう、母が落ち着くまでは水野先生に診てもらうことはしないと思うけど。でも、尾崎先生のところには、来るわね。いいでしょう。それと、母には私の胸のこと言わないでね」

「もちろんよ」

佐代は、マサノに謝絶されて一旦しまった紙袋をまた出して、今日の診察料も含めて、どうしても取っておいてほしいと願った。そうしないと、遠慮があって、尾崎先生にまた診てもらいに来にくくなるからだと主張するので、マサノも仕方なく収めた。

姉御は幾らか表情に明るさを取り戻し、もう一度身じまいを正してから、ありがとうございましたと頭を下げて去って行った。

佐代の母親は、暫くして発熱が四、五日続いたものの腫れは次第に治まり、内出血も引いて食欲も出てきた。

発熱が収まりつつあったある日、水野医師との回診が終わったところで、マサノは佐代のことを切り出した。

「あの娘さんですね。女医学校に通っていたこともあったのだってね。礼儀正しい方だね、彼女は」

胸の触診をした結果を報告すると、

「本当は、組織を採取して調べてみないと確定診断は難しいね。だが、日本ではまだ無理で、アメリカかドイツあたりの病理学研究室に送らないとならない。ただね、組織の一部を取る手術をすると、悪性の場合かえって進行させるという意見もあってね、西洋でも議論がある。病巣が拡大するなら手術しかない。尾崎先生、友人なら時々診てやって、また報告してくれないか」

「先生、この病気の遺伝というのもあるのでしょうか」

「それはわかってないな。ただ、アメリカで診た手術例で、乳癌の家族歴があった人も確かにいた。でも、多分例外だろうな」

手術のために水野が持参した器具を返却しようとすると、近く又、当院で乳癌の手術があるだろうから預かっておいてほしいと頼む。また、自分が助手に指名されるに違いないと思い、マサノの胸はなぜか踊るのであった。

水野からは、次々新しい知識やものの見方を学んだ。佐代の母の診察を二人で行った折り、創部から腋窩に貯留してきたリンパ液を水野の指示でマサノは注射筒につけた針で吸引した。熱は下がり、峠を越えている。二人で医局に戻る途中、

「順調でよかったです。先生のハルステッド手術、見事でしたし」

マサノが切り出すと、

「確かにこの手術法で、根治できる人もでてきた。だが、私にこの手術を教えたアンダーソ

ン教授は、満足してはいなかった。なぜだかわかりますか、尾崎先生」

「……」

「侵襲が大きすぎるからですよ。神がつくりたもうた人間という生命体の姿は実に美しい。神の造形美は自然美でもある。それに癌ができると、外科医という人間はそれをメッタ切りする。女性の乳房は、子を育てるための重要器官というだけでなく、女性美の核心部分でもある。それが損なわれれば、その人の喪失感はどれだけ大きいものか」

メッタ切りという言葉に抵抗感を持ちながらも、外科医としての高い技量を持つ水野が、思いがけないことを言い出しているのに、言葉を呑んで耳を傾けていた。

「乳房を失った女人は、夫にすら裸を見せません。西洋の服は、よく胸の膨らみを強調する意匠になっていますが、それも出来なくなる。いわば、女性を諦めなければならないことになる。そんな治療は、いかに命を助けようとも完成にはほど遠い治療だというのです」

医学は病気を治す手段、という観念を植えつけられてきたマサノにとって、水野の話は新鮮であった。だが、話の器が大きすぎて、何と応じたらいいのかわからない。

「喪失感のケアにアメリカでは、教会の牧師などが関わっていましたし、臨床心理《クリニカルサイコロジー》という言葉も聞きました。そういうところに意を払うところは、日本と大違いです。そういう風土ですから、自然の造形美を人間がやたらと壊すことに対して、アンダーソン教授が不十分だと切に思っていたことは頷けるのです」

自然の造形美を、人間が手を下して壊してしまうほど、医学には特権が与えられているのだろうか。そうとすれば、それは傲慢だ。医学上それがどうしても必要なのなら、損なったものや心に対する手当を十分に考えるべきだというのがアンダーソン教授の考えだったと、水野は説明した。

マサノはこれまで、そういう視点を少しも持っていなかった。癌は取ればいいじゃないか、再発しなければいいじゃないか、死ななければいいじゃないかと、何となく機械的に考えていた。その後ろにある、人の気持ちの辛苦や葛藤に目は向かっていなかった。人の優しさすら実感していなかったといっても言い過ぎてはいないと、自責の念に駆られるのであった。

マサノが包帯交換に来る折は、佐代はほとんどつきっきりで湯を沸かして手伝った。看護婦の仕事だからとマサノが断っても聞かず、包帯交換の時も、リンパ液採取する時も、母の手を握ったり、やさしく話かけた。床ずれができないように、体位を変えてあげる仕事も専ら佐代の役割で、そのことで看護婦の出る幕はなかった。

ある日、包帯交換が終わると、廊下で待っていた紳士然とした三十歳代とみえる男性が、

「入ってもよろしいでしょうか」

と声をかけて病室に入ってきた。

佐代の夫かとマサノは思ったが、話ではもっと年配のはずである。だが、佐代はわざとらしい笑顔を作って辞儀をした
「また、来て下さったのですね」

挨拶で、佐代の顔見知りであることが知れた。

「尾崎先生、代議士の桃瀬龍造先生のご長男で、桃瀬大臣の秘書をしている龍一さんです。夫の知り合いでもあるんです。こちら、担当の尾崎マサノ先生、お若いけど頼りになる先生です」

「そうですか、桃瀬です。矢板総業さんには大変お世話になっているものですから」

どこか言い訳がましく挨拶する。

薄い黄色のワイシャツにノーネクタイ、細身の白のズボンを穿き、オールバックにして、葉巻を咥えて気取っている格好は、代議士秘書と言うより、波止場にいそうな外国航路の船員まがいだと感じたのがマサノの第一印象だった。病院というところには、いかにも場違いな感じがしたのである。

佐代もあまり好ましくは思っていないらしく、見舞いの品を受け取ると、今日、母は疲れているからなどと断って、はやく退散してもらいたい風であった

母親は、桃瀬が帰ってから、さっきの佐代の様子を、

「佐代は好き嫌いが激しいわね。顔に出るからすぐにばれるわよ」

そんな会話をするまでに、回復してきた。

ベッドサイドでこうした話がいくらかできるようになってきた頃に、マサノが佐代と机を並べて学んだことがあると明かしてからは、彼女の話題は佐代のことばかりになった。

子供の頃はお転婆のくせに、俊敏でないから、垣根から落ちたり、泥濘《ぬかるみ》にはまったりしたなどと他愛のない話だった。いつかは、暮れても帰ってこないので、お手伝いや近所の人まで頼んで、大騒ぎして探していたら、裏庭で、木に登って下りられなくなって泣いていたなどと言っては、痛みをこらえて笑うのである。

その笑いには、佐代への愛情がいっぱい詰まっているなと、マサノは羨ましさを感じずにはおれなかった。

マサノの母が元気な頃は、小さなマサノを捕まえて、一休和尚の話をよくしてくれた。

一休さんの語録は沢山あるが、子供心にわかりやすく印象に残っている言葉に、

「大丈夫だ、心配するな、なんとかなる」

というのがあった。

これは、一休宗純和尚が入寂ののち、弟子たちが困ってどうにもならなくなったら、この

文箱を開けよと命じてあった、その文箱の中の一枚の半紙に書かれていた言葉だと伝えられる。しかし、和尚の逸話集にはなく出典不明で、実物も遺されていないから、後世の作り話だろうとも言われている。

そうであっても、マサノにとっては、これは歴とした一休さんの有難い訓《おし》えであり、母からの愛情の籠った貴重な贈り物にほかならなかった。

母が病床の時も、父の仕事が斜陽になってきた時も、勉学や臨床で躓いた時もこの言葉を口には出さないまでも、胸の内でお題目のように唱え、自ら鼓舞したものである。

6　堕胎

年が明けたら（大正二年）帰郷して、開業してほしいと具体的に期限を切って懇願する父の文《ふみ》が届いた。

もともと、医術開業免許を取得したら、すぐに故郷に錦を飾り、そこで開業する医師が男女ともに多かった時代である。マサノもはじめは試験に及第したら、懐かしい内子に帰るのだということに、疑問を差し挟むことはなかった。

ところが、二十歳になる前に及第してしまったために、厚生省は驚き、医籍登録は二十歳になるまで待たされることになり、それまで至誠病院で研究を続けるよりほかの選択肢はなかったのである。

尿糖検査法を修得したり、麻酔法を実践したり、さまざまな開腹手術に参加したり、他の医師たちは経験していない乳癌の最新手術の助手をさせてもらったりと、研究を続ければ続けるほど、医師としての知識や技能が上がって行くことに、マサノは喜びを募らせた。試験合格のために学生として参加するのと違い、独り立ちした時のことを想定して実地研究を続けると、まだまだ経験し足りないことは、夥《おびただ》しくあることが見えて来るのだ。

それゆえ、少なくとももう一年ほどは、病院での仕事を続けたいと切望していた。

だが、来年の五月には母の十三回忌の法要がある。それまでに帰郷して開業し、母親を安心させてやれと、父は手紙に認《したた》めてきた。七回忌には、東京に来たばかりだったから、帰ることができなかった。以後、一度も帰郷する機会がなかったので、お墓参りもしていない。

父は五十歳になる前に、事実上商売を小さくしてしまって、マサノの東京での学校生活を支えたのは、蓄えた財産を擲《なげう》ってくれたお蔭だった。

母の十三回忌のことまで出してきたのは、年齢を重ねた父にとって、待つのがもう限界だと暗に言っているのが、マサノにはよく分かった。

吉岡院長に、三月末には帰郷し、開業の準備をする旨を伝えた。

「そうよね、尾崎先生の故郷は遠いこともあって、入学以来一度も帰省していないんでしょう。よく、頑張ったものね。一度、お兄さんが来られたことがあったわね、あれはいつでしたっけ」

前期試験に合格した報せを父にしてしばらくしたころ、晴一が内子の父や親族からの祝儀を持参して東京まで来てくれたことがあった。藪入りで内子に帰省した晴一に託され、その年の後《のち》の藪入りを利用して、大阪から東京まで汽車で来てくれたのであった。はじめての上京の時、大阪に立ち寄った、あの時以来の再会で、短い間だったが、内子の父の様子や大阪の太物問屋での兄の活躍を聞いて、心嬉しい気分と懐かしさとがないまぜになって、涙を我慢できなかったことを覚えている。

「あれからまた、四年も経っているのね。お父上が痺れを切らせているのも仕方ないことね。止めたいところだけど、病院は、東京組と、後期組とで何とか帳尻を合わせるしかないわね」

吉岡院長からの許しが出て、マサノはほっとした。

「ありがとうございます。父もきっと喜びます。でも、本当はもう少し研究を続けたかったです」

挨拶して、院長室を出ようとすると、

「そうだ、尾崎先生。月曜日夕方六時から、手伝ってもらいたい井出先生の婦人科手術があるの。ちょっと事情がある手術なので、口の硬いあなたに助手をお願いしたい。外回りは看護婦長一人。頼めるわね」

「承知致しました」

当時、院長は週一回の回診もままならぬほど、学校長としても、病院長としても多忙で、女医会、婦人会などからの講演依頼、雑誌や新聞社からの取材や座談会、執筆依頼などにひっぱりだこであった、それゆえ、患者を診ることはあっても、手術を自ら行うゆとりはなかった。

手術前に患者の様子を把握するのは、助手として当然であったが、手術予定の患者のカルテが見当たらない。

婦長に聞くと、あれは院長が管理しているというのだ。院長が事情があると言っていたのが、病気に関することか、その他の事情なのか皆目見当がつかない。

助手は、いつでも術者と交代出来る状態で手術に臨むことと、厳しく教えられてきたので、その事情を十分把握しておかねばならぬとマサノは焦りを覚えた。手術まであと三日しかない。

院長は不在なので、井出医師の部屋を訪ねた。

「事情のある手術だと院長がおっしゃっていましたが、カルテは院長管理で、まだみせていただけないので……」

「ああ、あのアウス（掻爬術《そうはじゅつ》＝人工妊娠中絶手術のひとつ）はやりたくないの。でも院長直々だからね」

仕方がないのだと、井出は説明した。

「はじめてじゃないのよ、いや、クランケ自身は十七歳の少女で、はじめての妊娠よ、だけど男のほうがね、これで二度目なの。一回目は親戚の子だとか言ってたわ。内緒で流そうとして、中條流かなにかをしたらしい。出血が止まらなくなって連れてこられたから、やむを得ずオペしたのよ。男が青くなって連れてきたの、当節知らん顔の男ばかりだから、まだましかとその時は思ったのよ、下手したらシュテルベン（死）するところだったから」

アウスに至る事情は、それぞれ違っていた。

母体が結核や心臓病のため止むを得ないものや、原因不明の胎児死亡、ほかに不同意妊娠があった。不同意妊娠とは、暴行、脅迫や、母体が未成年や先天性の病気などにより同意しているとは確認できない場合である。ただ、医師からは詳細を問わないのが普通であった。

また、井出の話に出てきた中條流や、自己流の中絶に失敗して止血できなくなったり、感染症で瀕死になってやって来る例もあった。これも詳細を問えば、中絶する本人が自己堕胎罪に問われることになる。

だから、医師も問わない、本人も決して言わない。

「常習なんですか、その男」

被害を受けて苦しむのはいつも女性、男はいつも咎められない。男を咎めようとすれば、女はそれ以上に傷つく、この不公平はなんだと感じながらマサノは呟いた。

「今度はその男の親が院長に泣き付いたっていう話。その娘の妊娠がばれたら、その父親が黙っていないから大変だとかなんとか、そういう話なんでしょう、きっと」

井出自身も詳細はわかっていないらしい。だが、マサノは絶句した。この手術は堕胎罪に問われる可能性がある。

明治四十年（一九〇七）に規定された刑法第二十九章「堕胎の罪」の第214条には次のように記されている。

――医師、助産婦、薬剤師又は医薬品販売業者が女子の嘱託を受け、又はその承諾を得て堕胎させたときは、三月以上五年以下の懲役に処する。よって女子を死傷させたときは、六月以上七年以下の懲役に処する。

このことは、女医学校の授業でも再三取り上げられ、そのような行為に手を貸してはいけないと幾度となく警告されてきた。

とはいえ、地方の農家の中には、貧困のために中絶を余儀なくされることは日常的にあり、堕胎罪を怖れて手を貸さない医師や産婆が増えると、中條流など、やみ堕胎業者に頼んだり、素人が針金で掻き出そうとしたり、昔、女郎がしたとされる陰干しした酸漿《ほおずき》をお湯でふやかし、それを膣内に入れて胎児が腐るのを待つ、といった怖ろしい方法を用いることになる。

堕胎罪よりも、大人にとってもっと安全で確実な方法として、間引きがあった。溺死、絞殺、窒息死、圧殺、餓死など地方ごとにやり方は異なるが、密かに継承されてきた方式で子殺しが行われた。

江戸時代以前から明治ころまでは、『七つまでは神のうち』『子供はすぐ生まれ変わる』と口をそろえ、子殺しは『子返し』なのだと言い訳して、とりわけ飢饉の時などにはそれは一種の俗習になり、家や村が生きながらえてきた側面がある。

マサノが、六、七歳の頃であった。時刻は不確かだが、不意に目が覚めると、襖《ふすま》越しに、

「最前の児は山芋堀にやった言いよった」

「あんうちは、子だくさんじゃけん」

集まっている近所の大人たちがひそひそと話しているのが、耳に入ってきた。

その意味するところは模糊としていたが、大人たちの尋常でない囁き声、その隠微さだけが妙に胸の底に沈む残渣となっていた。

そして今、そのどす黒く沈潜していた記憶が、幾分遠慮がちに蘇ってきた。

――公許の医師として、どうあるべきなのか。

堕胎罪の存在は、誰もが知っていた。

産婦人科に関わる医師は、誰もが多かれ少なかれ、堕胎の問題に遭遇した。人間の社会においては、貧窮もあり、避けられない事象というべきかもしれない。貧困だけでなく、母体の健康を考えての堕胎もある。暴行、脅迫、強盗などに伴う妊娠もあったし、十三歳未満の法廷強姦というものも少なからず存在し、さまざまな事例があった。

しかも妊娠十一週までとそれ以降では手術方法が異なり、母体への影響も大きく異なった。だから、医師が堕胎の理由を精査している暇はない。無論犯人捜し、強姦罪が成立するかどうかなどは、医師の役割とは次元の異なるはなしであった。

マサノも授業で再三聞いたように、医師としての保身だけを考えれば、堕胎に手を染めることを一切避けるのが賢明だった。が、人間社会にはさまざまな事情が生じ、しかも民間の危険な堕胎を避けるためにも、医師の技術は必要といえる。

「クランケは手術当日の午後、内々で特別室に入院してくる。その時、診てあげて頂戴。母体は全く健康ですけれど。それと、事情はあまり聞かない方がいいわ。本人も動揺するし、医師側の立場もあるから」

マサノがなおも怪訝《けげん》な顔で佇んでいると、井出が再び口を開いた。

「ねえ、尾崎先生。もうすぐ四国に帰って開業するんですってね。地元で開業するといろいろあると思うわ。女医会などでよく話に出てくるのだけれど、女医ということで、疎《うと》んじられることもあるでしょうが、女子特有の問題が持ち込まれることもある。人工中絶もそういう問題のひとつですよ。堕胎罪のことは、知っているわよね。でも、逃げてばかりなら女医の存在価値はどうなの」

マサノにはすぐには答えがみつからない。

「だって、堕胎罪って当事者の男は罰せられることのない法律なのよ。おかしいと思わない。法律を破れとは言わないけど、さる有名な女医先生の言葉が印象に残っているの。医師がいったん社会に出れば、清濁あわせ呑まなければならない時もあるって」

堕胎罪は男尊女卑の産物ともいえ、大正時代になって平塚らいてう、与謝野晶子ら、女性知識人たちによって『堕胎論争』が巻き起こる。この問題は、その後もずっと未解決のまま過ぎ、今日に至っても堕胎罪を廃止する運動がなお存在している。

マサノは、この問題を十分洞察していたわけではないが、女だけが内緒にし続けなければならない堕胎というものが、堕胎そのものだけでなく、自分の生きている社会の問題と密接に関係していることを感じとっていた。

今度の役割について堕胎罪に問われる怖れがあるから逃げたいとか、止めるべきだとまでは思わなかったが、もやもやとしたわだかまりを持ったことは確かであった。

当日マサノがこれから手術するクランケの、特別室を訪問すると、女性は縋《すが》るような眼差しでマサノを見た。

「手術は心配しないでね、大丈夫だから」

励ましに、緊張した面持ちで患者は頷いた。誰も付き添いはいないのかしらと思っていると、男が、

「ごめんごめん」

声に出して入室してきた。マサノは男をみて頭が混乱した。

佐代の母親の病室で遭遇した桃瀬龍一だったからだ。まさか、これが井出医師の言っていた常習男なのか。

桃瀬は、

「あっ、尾崎先生、どうぞよろしくお願いします」

至極あっさりとそう挨拶した。

院長に泣き付いたというのが桃瀬代議士だったというのなら、井出の話と辻褄が合う。

「今回はこういうことですが、お二人はいずれはご結婚なさるのでしょうね」

マサノは、男に当てつけるように、しかし穏やかな調子で糺《ただ》した。

「はい、そのつもりでおります」

女性は、はっきりとした口調で答えた。二人でそう話し合っているのかもしれない。

桃瀬は笑顔を作っていたが、しかし、頷きもしないし、言葉も発さない。

「それなら、結構ですわ」

立ち入るなと忠告されていたのに、余分なことを言ったかと一瞬悔いたが、いささか気が晴れた思いがした。井出が言っていたように相手が誰だかわからなかったり、わかっても雲隠れしてしまうのと違い、龍一は堂々と表に出てきてはいるのである。

だからましだとは言いたくはなかった。

「だって、わかるもんか、白々しい」

桃瀬龍一に対する反感のような嫌悪が、マサノの胸の中でむっくりと起き上がり膨らんでくるのを抑えきれなかった。

手術室には助手が術者より先に入るのが決まりである。

普段なら、もう職員はほとんどいない時間帯。廊下や、準備室などには電燈が点《つ》いておらず、いかにも密かに手術をするという演出がひとりでに出来ている。

間もなく井出医師が悠然と入ってきた。

続いて麻酔医が入ってきた。この時代、麻酔科学はまだ未熟で、麻酔科は独立しておらず、外科医の一人が行うのが常だった。麻酔の匙加減で痛みの制御が不十分になることも、深くなりすぎて死に至ることもある危険と隣り合わせのもので、麻酔を行う医師の勘や経験がものを言った。

術者と助手は、声に出して麻酔医に挨拶した。

「よろしくお願いします」

院長が依頼した麻酔医は、東京帝大のあの水野昭吾であった。マサノとは乳癌手術を行った時以来の再会である。

「井出先生と尾崎先生の手術だから、手伝ってくれと院長に頼まれたもので。こちらこそよろしく」

水野医師の麻酔は定評があると聞いていたので、何度か依頼したことがあったが、いずれも何か理由をつけて断られていた井出は、水野とマサノの顔を交互に見較べた。

「ああ、そういうことだったのね」

頷きながらそんな言葉を発した。

マサノは、井出が明らかに誤解していると直感し、咄嗟に違います、関係ありませんと言おうと思ったのだが、その前に顔が火照ってしまったことを感じ、俯くしかなかった。

水野は聞こえないのか、そのふりをしているのか、さっさと麻酔の準備に取りかかった。

やがて麻酔がかかり、術者が患部を消毒しはじめると、静寂が支配した。

「クスコ」

井出が低い声で命ずる。マサノはそのシャイデ（膣）を拡げる器械を『はい』という返事とともに、間髪を入れず手早く渡す。

次いで、

「ヘガール」

その器具を指示する声で、頸管拡張器が細いものから順に渡される。しかも、術者が持ちやすく、すぐ使える向きと角度で渡さなければならない。

術者と器械渡しの間のリズムは手術では非常に重要である。

器械渡しは今日では、手術室専属の看護師が行うが、専門的看護師がまだ育成されていない当時は、手術内容を熟知している医師が行うことが多々あった。

マサノはこれまでに数回同様の手術の助手をしているし、二回は術者をさせてもらっているから、手際は完璧に知っていて、息が合っている。

「ケリー」

と言えば流産鉗子《かんし》のことであり、マサノは大きさを井出に確認してリズムよく手渡す。

超音波検査法があるわけではないから、胎盤がどこに着床し、五センチ足らずの胎児がどの位置にいるかは予め確認することはできない。あくまで手術中に、器具を通して伝わる手の感触に頼ることになる。

見事な井出の手際で、妊卵と絨毛組織が摘出された。

「キュレット」

この匙状《さじじょう》の器具で子宮腔内を掻爬する。これも、度が過ぎれば筋層を痛めて子宮穿孔《しきゅうせんこう》という最悪の大事になり、掻爬不足だと遺残物が残って、いつまでも出血が止まらず、感染症の原因にもなる。文字通り匙加減が必須な神経質な操作であった。

一度のアウスでも、侵襲が強い手術をすれば、「畑」つまり着床する場所がなくなり、以後不妊になる。無論、繰り返しのアウスはその可能性を高める。

掻爬の終りは、キュレットで子宮壁を滑らした時の感触で決まる。

「よし」

掛け声と共に手術が完了した。

出血も少ない見事な手際に、マサノは「堕胎罪」への危懼《きぐ》はいつの間にか薄れ、井出の技術に対する尊崇の念に置き換わっていた。

「どうもありがとうございました」

術者と助手は麻酔医に対する礼を口にした。

「尾崎先生、近くまた別のハルステッドをしたいのですが、お手伝いいただけませんか」

水野が患者を覚醒させながら、頼む。

マサノは快諾したが、彼女が郷里に戻ることにしているのを、水野はまだ知らない。

7 内子

マサノが内子に戻ったのは大正二年春、八年ぶりであった。

マサノが上京した時以来の父五平（綾三郎と改名していた）との再会。隠しきれない嬉しさで涙する表情に刻まれた皺にも、髭の色にも、八年という星霜が否が応にも感じられた。この間、父とは書簡でやりとりはしていたものの、内子の様子はあまり書かれておらず、マサノにとってその転変は小さいものではなかった。

喜多郡内子町に鉄道はまだ開通していなかったが、県道は見違えるほど整えられていた。大洲と内子の間の県道は、マサノが上京するころにすでに存在してはいたが、手が入れられて幅も確保され、通行しやすくなっていた。また、長浜と内子、松山と内子間の道が新たに県道として開通し、便利になった。

町並には電燈が灯り、家々はかんちょろ、石油用吊りランプから、電燈へと変わりゆく真っ最中で、役所、学校、銀行、旅館や、大きな商店には電話も開通しはじめていた。それでも実家の欄間の波乗り龍も、障子の取っ手も、柱の疵も、昔のままだった。それを見つけて、ああ私の内子だとマサノはほっとした。

マサノが上京する時にはまだ家に住み込んでいた手伝いのヨノは、その二年後に故郷の農家に嫁いでいた。

代わりに、縫子《ぬいこ》と呼ばれる住込みの女がいた。

綾三郎は、

「ヨノが辞めてしもうたけん、三年前から自分の身の回りのことをしてもらいよるんよ」

とマサノに告げて紹介したが、父の文にはヨノが嫁いだことは書かれていたが、縫子のことは一切なく、たまにくる晴一からの文にも、そのことは書かれていなかった。

縫子は身なりからして、手伝いとか下女という臭いはなく、どことなく品がよく、落ち着いた居ずまいの女であった。

何か裏切られたような気持ちで、縫子に挨拶すると、

「お医者様のおじょさまとは、旦那様はほんまに幸せじゃなー」

マサノを見ながら、眩しそうに呟いた。そして、自分は、かつて長いこと年寄りの世話を

してきて人の世話には慣れている、この家の為にできることは何でもするから遠慮なく申し付けてくれと、マサノに求めた。

綾三郎はまず家の改築をマサノに提案した。使っていない部屋を診察室と二部屋の病室にする。尾崎医院として、玄関も独立させて、別にしようというのである。もうすでに、誰に頼んだのか青写真ができていた。

入院施設つきの医院なんて、夢のようだとマサノは思いつつも、急に自信が萎えた。東京でさえ、女医は見下されがちなのに、そんな大それたことをして、果たして患者が来てくれるのだろうか。

この当時、あの先生は眼科が得意とか、あそこは産科が得意とか、多少の分科はなされてはいたものの、内科、外科、小児科、産婦人科、眼科、耳鼻咽喉科、整形外科、脳外科、皮膚科、精神科など、今日のように各科ごとに開業されている時代ではなく、『尾崎医院』という形で看板を出せば、全身どこの病気でも診るというのが地方の開業医の普通の姿であった。

内子に女医が誕生したというのは、地域の大ニュースとなった。

大正三年六月に発刊された『喜多郡の華』(小川宗勝(薫水)著、小川寶文館発行)には、「内子の華」として、女医尾崎政乃子が写真入りで紹介されて、別のページには、『花の如き二女医』と題した次のような文章が掲載されている。

――喜多郡にして女流の傑出せるもの需《もと》めて其数に多からずして而も妙齢花の如き二女医を得たり。大谷村《おおたに》種坂章江子《たねさかあきえこ》、内子町尾崎政乃子即ちこれなり。両女堂々の門戸を張りて有髯《ゆうぜん》の同業色なきが如し。章江子は谷間に咲ける白百合か、岸辺に香《にお》う桜花の如く、政乃子は野の梅、籬《まがき》の菊か、又は色濃き牡丹花にも似たらん風情なり……ああ麗しの名花薫れる。

ちなみにここに出てくる『種坂章江子』は明治二十年生まれだから、マサノより四歳年長である。

東京の日本医学校出身で、マサノより二年後に後期開業試験に合格した。間もなく大谷村に開業、結婚して綾井姓となった。

彼女は肱川《ひじかわ》村議会議員、愛媛県連合婦人会長、県母子福祉会連合会長などを歴任している。昭和三十九年（一九六四）没。同年『女性の地位向上と県の福祉行政に尽力した医師』として大洲市名誉市民にもなっている。

マサノとは学校も異なり、同じ喜多郡とはいえ、彼女が開業した大谷村（現在は大洲市肱川町大谷）は内子から直線距離でも三里（約十二キロメートル）余り離れた山深い山間地域である。しかも内子町よりも大洲町に関係の深い村で、いわば行政区も違っていたから、名は知っていても出会いがあった可能性は高くない。

このように、マサノはこの地で大いに注目され、あっという間に有名になった。

尾崎家では、母の十三回忌の準備と尾崎医院改築で多忙の日々になった。

父、綾三郎は、早く改築を終らせて、開院祝いを兼ねてマサノ医師のお披露目をしたいと思っている。

「この間、墓参りで帰郷の報告は済ませたのじゃけん、法事の前に開業のお披露目をしようぞな。その方が母上も喜ぶはずじゃ」

と主張する。

マサノは開業の不安もあって、

「親戚知人の集まる法事のときに、自分はいついつここで開業すると挨拶すればそれでええ。わざわざお披露目なあ」

と遠慮する。

法事には兄晴一も大阪から帰郷するが、長くは大阪を留守にできないというので、それなら法事も祝いも一緒にしましょうと、マサノの意見が通った形になった。

その日、安達医師や、大高医師もやってきて、線香を上げてから、マサノや綾三郎に祝賀を述べた。縫子も黙々と立ち働いていたものの、なるべく目立たぬように遠慮している風であった。

晴一は妻を同伴して内子にやってきた。

去年妻帯し、大阪で式を挙げ、父も列席したとのことだが、マサノには連絡がなく、内子に帰京してから父からそんなことを告げられた。

そもそも、兄は高等小学校が終わるとすぐに大阪の大きな太物問屋に入り、今はその二番番頭として手堅い勤めをしている。内子に戻る気は、全くないのであった。

その兄が、法事の最中に、マサノを陰に呼んだ。

「縫子さん、父上は後妻にしたいらしんよ。おれはかまん（構わん）が、マサノは」

マサノは、母の法事の日にそのようなことを言い出す晴一の無神経さを詰った。

「なしてそういう話が突然出て来るの。兄上がお嫁さんをもらう時にも私には何のしらせもなかったし、今度は後妻さんの話。今まで何も聞いとらなかったけん」

「うっとこ（自分の家）は、父上も、マサノも私も、お互いつかず離れず。それぞれ違った道で、違った生き方を選んでいる。それでうまくいってるのじゃけ、そんでええじゃ」

「内子の尾崎家はどないなるん」

「何だ、東京で勉強してきたくせして、マサノは古いじゃ、考え方が。徳川時代の武家ではないのじゃけ、これからは、家でなくそれぞれの者が独立して生きればええ。それに、マサノは尾崎医院を内子で開くのじゃけ、一石二鳥じゃないん」

「私だって嫁に行くかもしれん。ずっと内子にいるとは限らんで」

「その時はその時じゃ。じゃけん、父上も後妻さんがいたほうがええ思うんじゃ、私《わし》は」

兄の考えは、合理的といえばそうかもしれないが、釈然としないものがマサノの中に残った。


尾崎医院は開院を迎えた。

隣が市場だから、医院の前の人通りは結構多い。

「尾崎医院はここかいな。女医やてや」

「あんたの腰のぐわい（具合）どがいなんぜ。診てもろたらよかろうに」

「うっとこは、大高先生じゃけ、ええんじゃ」

女医だということで皆興味津々ではあるが、だれも医院の玄関をくぐる者はいなかった。

明治末期から大正時代、内子町の人口は大きな変動はなく一万七千人前後であった。内子町は、その後の町村合併などで地域が多少変遷するので厳密な比較はできないが、第二次大戦後は次第に増加、三万人近くまで一旦増加したのち漸減し、今は大正期とほぼ同数の人口になっている。

この頃の日本の医師数は、人口一万人に七〜八人と推定されるから、この地域は地方にもかかわらず平均並みで、決して少ない方ではなかった。

とくにマサノが開業している内子町の中心、内子地区の人口は四千人前後で、そこにマサノやマサノの母親が世話になった安達医師をはじめ、町田久太郎、大高五郎、井上丈平など開業医師だけでも五人以上が既に活躍していたから、この地域は医師過剰な状態ともいえた。薬礼をきちんと払えるような家のほとんどは、それぞれかかりつけの医師がすでに決まっていたのである。一度決まると、今日のようにセカンドオピニオンなどといって、別の医師にかかることはありえない。

中心から離れた地域には村医がいるところもあるにはあったが、まだまだ無医村も多くあった。無医村からわざわざ内子の中心まで診察にやって来るのは、かなり重症になった患者ばかりであり、わざわざ新米にして女医のマサノを選んで尾崎医院にやって来る人はまずいないのであった。

内子の中心地区で、『尾崎医院』を成り立たせるのは、至難であった。

開業してから十日も経たないある日、それを見透かしたような話が持ち上がった。

石原鉱山株式会社の下川辺と名乗る常務が、担当者の男とともに尾崎医院にマサノを訪ねてきて、大須鉱山病院を手伝ってほしいという依頼だった。

大須鉱山は明治二十一年頃、照山寺の裏山で鉱床が発見されたのにはじまり、明治三十九年矢野荘三郎らが鉱山を買収し、大須鉱山株式会社を設立した。鉱石は銅三・五五パーセント含む頗《すこぶ》る良好な品質であったが、運搬経費に苦しむことになった。

これを石原房之助が率いる石原鉱業株式会社が買収した。石原財閥は阪神の大財閥で、日立鉱山をはじめ二十以上の鉱山を買収し、政界にも進出し、のちには大財閥グループにつながってゆく。

下川辺は石原鉱山が大須鉱山を買収してから、鉱山から中山町出渕《いずぶち》までつながっていた輸送用索道（一種のロープウェイ）を、一気に伊予鉄道（郡中《ぐんちゅう》から松山を経て高浜港までの軽便鉄道が通じている）の始発駅、郡中まで伸ばす計画が着手されたことを述べ、

「英国ロンドンのロープウェイ会社が作りますから、工事は早い。来年には完成します。そうしたら一気に増産に入ります」

自慢げに説明すると、こんどは三宅が病院の窮状を訴えた。

「鉱山病院の病院長が高齢で、病気がち、近頃は仕事が満足にできなくなっているのです。増産に入りますと、山で働く人口も一気に増えることは間違いなく、社宅も合宿所も増設します。そういう時に、病院に医師がいないととても困るのです」

鉱山では、どうしても怪我や、呼吸器の不調が多くなる。狭い環境で多くの人が働いてい

るので、伝染病にかかると一気に広がる。そのたびに町の病院まで通うとなると、片道半日はかかる。それでは安心して働けない。

大須鉱山は内子町にとっても大事な産業だから、是非協力してもらいたいと懇願するのである。

内子町の主産業は、かつて盛んだった製蠟が衰退し、村人たちは養蚕《ようさん》、製糸へと移ったが、それも既に一時の勢いはなくなっていた。

大須鉱山に多くの労働者が動員されると、再び内子町の産業は活況をみることになる。大須鉱山の労働者の数は大正時代前半に最盛期を迎え、七、八千人に及んだ。

そうした地域の移り変わりは、マサノも肌で感じ取ることができた。生家での開業が閑散としたままで先行きが不安なこともあって、求めがある大須で診療してもよいという気分にはなっていた。

医師としては一人でも多くの患者に出会うことが成長にもつながることとは、至誠病院の時に思い知らされており、それにも増して、どんな形であれ故郷に役立ちたいという思いは強かったのである。

だが、折角改築して開くことが出来た『尾崎医院』を放置するのは、父の厚意を無にすることにもなる。縫子さんも、看護婦よろしく、手伝ってくれているのだ。

石原鉱山株式会社もそこは心得ていて、下川辺はこう言い切った。

「月の半分を病院に勤務してください。社宅を提供します。それで、一か月分の給与を支払わせていただきます。残りの半月はこちらに帰って尾崎医院をやってください。鉱山病院までの俥での送迎は、もちろんさせていただきます」

破格すぎる待遇である。それだけ医師の確保が難しいということなのだろう。マサノが東京で勉強していた間の父の散財は大きなものであった。開業して、少しは恩返しができるかと踏んでいたが、今の尾崎医院の閑散では、尾崎病院開設時の改築費でさえ何年経っても返せないだろう。そういう事情もあり、ほとんど迷いなく申し出を快諾した。

三宅は、病院の様子を次のように説明した。

「年季の入った看護婦が二人おり、病院設備も、私はどれが何だかわからないのですが、田舎としてはかなり揃っているほうだと思いますよ。病院のほかに、隔離病棟も完成していますから、伝染病でも安心です。それから、先生の食事などのお世話をする女衆もおりますから、先生には仕事に専念いただけます」

荷馬車二台、一台はマサノと医学関係の書物や器具を、いま一台は生活物資をたんと乗せて尾崎医院から出発したのは、それからひと月もしない梅雨の切れ目であった。

昔は川登から、山の神、河の神に安全を祈願し十連をも超える筏《いかだ》を組み、肱川河口まで木材を運んだという歴史を持つ清流小田川を遡るように馬車が行く。

ところどころに集落や規模の小さな棚田があるほかは、狭隘《きょうあい》な谷沿いの道である。

低い連山の間に雲がたなびく山郷の風景を見ながら、緩やかな傾斜道を上ると成留屋《なるや》という地区に至る。

ここを越したあたりで小田川の本流を離れ、さらに狭隘な谷沿いの道を北へと登る。

左右は急峻な山、道は蛇行し所々泥濘《ぬかる》んではいるが、谷沿いの上り傾斜はそれほど急峻ではない。いくつかの棚田集落を過ぎる。水は張ってないから、棚田というより段々畑というべきだが、葉は小さくて黄色に変じているものが目立ち、あまり稔がよい畑には見えなかった。

しばらく先に進んだところで、御者が、もうすぐ目的地だが、ここから小路を歩いて少し入ったところに、内子で一番大きな夫婦滝がある．行ってみますかという。

こちらで言う、うずれる（蒸し暑い）時分、緩慢な登りとはいえ概ね十キロメートルを一気に馬車に揺られてきた。マサノは誘いに乗り、しばしの休みを取ることにした。

雄滝は三十メートル近くを数段に落ちる段瀑《だんばく》で、美しい曲線を示すから、こちらを雌滝と間違う人もいる。

奥にある雌滝は十数メートルの直瀑である。マサノはその直瀑の後ろの岩肌に何か違和感を感じた。水の流れていない自然の荒々しい岩肌と違い、肌が筋状に爛《ただ》れて溶けているかのようなその不自然さ。

そういえば、瀑《ばく》の周囲は苔がまだらに生えているだけで、いかに過酷な環境といえども、生える雑草が少なすぎないか。

不意に、

——自然の造形美を人間が壊す。

あの言葉が蘇ってきた。この滝の姿を水野がみたら、何と言うだろうか……。

「先生、おそなるじゃけ、そろそろいかんか」

御者にそう促されるまで、瀑の中に水野の姿と言葉を感じ、時を忘れて佇んでいた。

馬車の人になって、十分ほどで右手に学校を見つけると、子供たちのざわめきが聞こえてきた。農業補習学校も併設されている小学校である。

この山奥に、こんなに大きな学校。児童の数も都会なみという規模である。

その先には社宅に続き、寺があった。無縁仏の墓も散在している。その右奥は広場になっていて、なんと競馬が催されるのだという。マサノはのちにここで時間があるときに乗馬の稽古をし、乗馬を嗜《たしな》むようになる。

やがて左手にやや大き目の建物が見えて、道幅が広くなった。

御者に聞くと、そこには映画館や演芸場があり、その先に病院、そして駐在所もあると説明した。辺りには日用品や食料を商う店も並んでいる。病院は、さっき通った学校よりはやや小さい平屋建てであった。その先には坑口への道が何か所かあり、また多くの住宅が見えてきた。かなりの労働者が住んでいるのだ。ここまで、人にはちらほらとしか出会わなかったが、ここでは喧騒が往来し、忙しそうに物を運んでいる人もいる。

運搬馬車も頻繁に通っている。袋詰めにされた鉱石を幾袋も乗せて、重そうにゆっくり移動しているものもある。

季節労働者などが泊まる合宿所と称される建物の先に、索道の発着点が見えてきた。索道は森林を分けるように続いており、始終同じ速度で上がってゆく。

合宿所がはす向かいに見える一軒の住宅に案内され、荷を解いた。鉱山事務所から人が来ていて、マサノの荷物の整理を手伝う。お手伝いさんだという女衆も紹介されてきた。朝夕の賄《まかな》いや、掃除洗濯は彼女に任せればいいのだという。

一通り荷物を片付けると、鉱山事務所の男が、

「先生、病院へは明朝から出勤してください。お疲れのところ恐縮ですが、手続き上のこと

がありますので、一休みしたら一度病院へ参りましょうか」

標準語に近い、丁寧な調子でマサノに求めた。応じて、外へ出たところで、

「ここらは、随分賑やかなんですね」

マサノは男ににこやかに言葉をかける。

索道《さくどう》停車場あたりまで下りて来たところで、

「この索道は郡中まで鉱石を運びます、そこで伊予鉄道の貨車に乗せ換えて、高浜港まで運ぶのです。索道の帰山便には、食料品や日用雑貨を乗せます。ほら」

男が指差した先の停車場で、索道で運ばれてきた食料が下されていた。

停車場の周囲には選鉱場、鉱山事務所、飯場がある。その先には発電所の鉄塔や煙突がみえる。内子で一番最初に電燈が点《つ》いたのは、ここの自家発電所によるもので、明治四十三年のことだという。さらに先には隔離病舎があるという。隔離が必要な伝染病が流行した時に使われるが、今は一人も入院していないとのことだ。

停車場あたりから引き返して、病院にたどり着いた。

先触れがあったようで、山村という事務長と、二人の看護婦が玄関に出迎えていた。

「院長は」

事務所の男が事務長に尋ねると、看護婦の一人が、朝のうち一時間ほど診療していたが、

疲れたと言って先に帰ったと報告した。

マサノはまず院長室に案内された。部屋は日当たりのよい角部屋である。かなり広く見えるのは、机の上にはあまり重要そうでない紙束が二、三放置されているだけで、書籍などもない閑散とした状態だからだろう。

現院長はほとんどこの部屋を使っておらず、尾崎先生には院長室を自由に使ってもらうように言われていると、事務長は説明した。

マサノに関する事務手続きを完了すると、病院内を巡回しながら、病院の概要が紹介された。至誠病院より規模は小さいが、大抵のものは揃っていた。

病室に行くと、入院中の二人の患者の病状が看護婦長の飯田から伝えられた。

院長室に戻ってくると、事務長は、仰天すべきことをマサノに相談した。

「先生、レントゲンというものがあるそうですね」

「ええ」

肯定するというより、この地でレントゲンという言葉を聞くとは想像だにできなかったので、確かめるような口調になった。

「ここは鉱山病院という関係で、怪我の患者が多いのです。レントゲンというのは骨がどうなっているか、骨折があるかどうかもわかる素晴らしいものだそうですね。そこで、本社から日本で新たに作られたレントゲン検査装置を入れてみてはどうかといってきています」

マサノは驚き入った。

東京にいた折、日本に入ってきたばかりだというドイツ製レントゲン装置を、戸山町にあった陸軍軍医学校と、東京帝大で見せてもらったことがあるが、もちろん実際に使用したことはない。

日本では島津製作所が医療用レントゲン装置を製作販売し出してはいたが、至誠病院にはとても手の届かない代物だった。

それを、この山奥の病院が装備しようというのである。

「院長は、そういう新しいものは自分には全くわからないから、尾崎先生が見えたらよく相談するよう託《ことづか》っております」

ドイツ人物理学者、ヴィルヘルム・C・レントゲンがエックス線を発見したのは一八九五年、明治二十八年のことである。日本でもその発見はすぐ知られるところとなり、東京帝大や、小西六社、島津製作所などで実験が始まっていた。

医療用に普及し出したのは東京日本橋の医療器械店田中杢太郎によってX線器械の輸入販売が開始されてからだが、千円以上もする高嶺の花であった。新橋—大阪間の鉄道旅客運賃が三円六十六銭（大正二年）の頃の話である。

医療用レントゲンが一般病院に普及するのは大正後期以降なので、普及前夜のこの時代に装置を導入しようとしたということは、鉱山収入がいかに潤沢であったかを示すものだろう。

マサノは、日常の病院診療以外に、レントゲン装置についての勉強をしなければならなかった。そのために、東京帝大小児科から静岡の病院に異動になった井田ツモや、長塩繁子ら友人に手紙を書き、何でもよいから資料を借りたいと依頼した。

病院の帰路に、挨拶のため院長の住居に行き、訪《おとな》いを告げた。

床に入っていたのか、痩身の顔色の悪い老人が、よろけるようにして玄関に現れた。笑顔を作りながら、家内はちょっと買い物に出かけているのでここでと断って、

「恥ずかしながら、私は女医さんというものにお目にかかるのは初めてでしてね。山奥の病院へ来てくれる尾崎先生とは、どんな人か楽しみにしておりました。若くて溌剌とした先生に会えてよかったです。今から病院長代理を任命しますから自由にやってください」

かすれ声ながら、優しさのにじみ出る言葉をかけてもらったマサノは、院長の身体を気遣い、

「どうぞよろしくお願い申します」

と一言挨拶だけして、すぐに暇乞《いとまご》いをした。

病院の診療はなかなか忙しいもので、尾崎医院とは雲泥の差であった。

患者は鉱山労働者ばかりでなく、その家族も来るので、老若男女あらゆる年齢層に及んでいる。初日は十三人ほどの受診があった。

今日と違って健康保険のようなものはないので、実費が請求される。ちょっとした風邪ひきや、頭痛、腰痛、腹こわし程度ではまず病院には行かない。

古くから家々に伝わってきたやり方、多くは梅、柿、黒豆、大根、蓮根、生姜、葱、そば、玄米、鶏卵など身近にあるものを薬の代替として摂取したり、湿布にしたりしながら、寝かせておくのが普通のやり方だった。医食同源ということである。

それゆえ、病院には突然の怪我、急変患者、意識消失者など救急処置を要する重症者ばかり運び込まれる。救急でなくても、なかなか治らないのに困り切った人が、足取り重く受診するような場合が多いから、患者数そのものは少なくても一人で対処するから、非常に多忙である。

院長はといえば、マサノがやってきて安心したのか、その日も欠勤であった。

初日の十三人の中には、院長がいないなら帰るという人もいて、着任したての若い女医は、やはりあまり信頼されていない面があった。

それでも、怪我で縫合が必要だった人が二名、肩の脱臼が一名、目に粉塵が入った労働者が一名、高熱でひきつけた幼児一児が含まれ、時間はあっという間に過ぎた。外来が済むと入院中の病室の患者を診察した。マサノは久しぶりに、医師として持てる力を奮った。

尾崎医院で暇な状況に暫く慣れていたせいもあってか、初日の忙しさにはさすがに閉口し、夜半になって家に戻ると茶を喫する猶予もなく、すぐに睡魔が襲ってきた。

院長は当分勤務できないだろうという話が病院にも、村全体にも広がった。すると、外来受診患者数は急に減って三、四人という日もあった。

けれども、治療を受けた患者は、尾崎先生の腕は『女だてらになかなかだ』と噂した。それに、やさしくて美人だという評判も立った。そういう噂はすぐに広まる。すると、一度診てもらおうという人が、一人、二人と増え、そろそろ尾崎医院に戻る半月近く経ったころには、毎日の患者数がまた十人前後になっていた。

明日、実家に戻るという深更《しんこう》、蒸し暑い空気を引き裂く音。

「先生、先生、尾崎先生」

と叫びながら玄関の戸を叩く音に寝醒めた。

身づくろいをして出てゆくと、顔見知りの病院の書生が寝間着姿の薄着で玄関に立っている。マサノが問う暇もなく、

「た、た、竹山のかみさんが産気づいて苦しんでいます、と、と、取り上げ婆が来てるので

すが、さ、さ、逆子だから大変だ、先生をすぐ呼んでこいと……」

焦っていて、口が回っていないが、マサノは承知した。

「着替えてすぐ来ます。病院に寄りますから、病院の前で待っていてください」

「く、暗いから、一緒に行きます。ここで待っています」

マサノはすぐに引っ込み、素早く準備して戻ってきた。

書生は用意周到に病院の鍵はもちろん、その頃はまだ珍しい懐中電気も携えてきていた。

小走りで病院に着くと、マサノは処置室で必要なもの一切を風呂敷にまとめ、書生の先導で患家《かんか》に走った。

8 鉱山

尾崎医院に戻ると、手入れをした医院の籬では、主が帰ってくるまで綻ぶのを待ち構えていた野菊が蕾《つぼみ》を膨らませていた。

相変わらず悠長な日々である。レントゲンの勉強をしたり、鉱山病院での疑問例について調べたりする時間がたっぷりとあった。にもかかわらず、新しい知識が得られる資料や図書は甚だ不十分だった。

町内の医師も、マサノを応援してくれている安達、大高医師も含めて、昔ながらの診療を踏襲している年配医師が多く、新しい西洋医学を相談できる人はいなかった。

開業当初はいつまでたっても一人も患者は来ないのではないかと絶望的な気持ちにもなったが、鉱山病院でのマサノの働きぶりが、内子の中心地区にも段々と伝わってきているのか少しずつ尾崎医院の玄関をくぐる患者が出てきた。

内子町唯一の女医というのが、尾崎医院の触れ込みだが、女医といえば産婆の流れで産科か、赤子を扱う小児科に限られるような先入観が人々にはあり、来院する患者は専ら女性か子供であった。

赤子の元気がない、熱が下がらない、食欲がない、ひきつける、皮膚にぶつぶつが出来ている、眩しがるなど、いろいろなことで母親や祖父母が乳幼児を連れて、相談にやって来た。鉱山病院のある大須あたりでは、この程度でわざわざ病院に来る人はあまりなかった。大須より都会である内子地区は、比較的裕福な商家、農家もあるので、子供の健康に対する意識が高いのかもしれない。そこに、女医が来たから、相談しやすいというのもあっただろうか。

顔には出さないが、乳幼児の些細な変化に対応する自信に満ちた対応が出来ているか、いつも自問自答していた。小児科学の知識や経験がまだまだ乏しいことを、マサノはここで実地をしながら、改めて実感するのである。

至誠病院では、井田ツモが小児科に高い関心を持っていた。けれども、そこでは症例があっても、適切に指導できる専門家が常勤していないという理由で、東京帝大に研究のため異動したのだった。それくらいだから、マサノが十分な臨床経験は積めていなかったと感ずるのも、あながち思い込みだとはいえない。

――まだまだ自分は実地研究が足りない。

鉱山病院でも感じていたことを、尾崎医院に舞い戻ってから、また改めて気づかされる。

そんなある夕方、医院の受付を終わりにして片付けていると、母親と十五、六歳の娘が暗い表情で医院の玄関の戸を叩いた。

縫子が出て、今日はもうおしまいと断りましょうか、でも遠くから来たみたいだから少し気の毒ですが、とマサノに取次いだ。

縫子は、父の面倒もよく見てくれるし、医院の手伝いもする。出過ぎず、目立たぬようにしているところが、縫子の優しさと賢さが出ていると、マサノも悪くはない感情をこの頃は持っている。

ただ、父の後妻になるということは、自分の母になることだから、気持ちは複雑になる。でも、もし父が相談してきたら、否とは言わないつもりに次第になっていた。

「通してや」

マサノが許すと、親子が窺うようにそろりと入ってきた。初めて見る親子である。

「先生、助けて……」

いきなり、村上と名乗る母親が叫ぶように懇願した。泣かんばかりの表情である。

「ちゃんと、説明しとおみ」

カルテを作りながらマサノが、やさしく、しかし冷静に促すと、

「この子、妊娠しよる。おとはんに知れたら、おそろしことになるんじゃ。助けてやなせ、先生」

母親が答える。娘は父親がよほどこわいのか、蒼い顔をして震えている。

娘は誰の子かと聞いても、涙を溢《こぼ》すばかりで、頑として口を割らない。

とっさにあの堕胎罪のことが、頭に浮かんだ。

至誠病院でも、医学的事由によらない中絶には、手を貸すなという鉄則があったが、それでも堕胎罪に問われる可能性があるアウス（掻爬術）は行われていた。

——またも、厄介な問題。

産婦人科をやれば、そして女医であれば、必ずといっていいほど、この問題にぶち当たり、避けては通れなかった。

堕胎罪の適応除外が明確に示されていなかったからである。仮に強姦によるものであっても、医師は堕胎罪に問われる可能性があった。

誤った妊娠に対しての処置に手を貸した医師が、どこかでこのことが漏れはしないかと不眠症になったり、外出を怖がる不安症になったなどという話はよく聞いた。

まして、内子のような狭いところではすぐに噂になるし、女医の存在をよしとしない人々もおり、そういう人たちの餌食になることは避けなければならない。

母娘の住まいは大洲町であった。大洲の医師に相談すれば、すぐばれてしまうのを怖れて、わざわざ内子町までやって来たのである。

マサノは彼らに同情はしたが、中絶手術をすることを拒否した。

すると、母親は声を出して泣き崩れ、それだと娘が自殺してしまうかもしれない、助けてと騒ぐのである。

冷静にしましょう、お母さんがそんなだと、娘さんも落ち着きませんからと窘《たしな》め、マサノは質問した。

「村上さんのとこには、なにか病気にかかった人はおらんかな」

母親が答える。

「こん子の祖父が肺浸潤《はいしんじゅん》じゃけ、寝たり起きたりしよる。七十歳の年よりじゃけん」

「それでええ、診断書を書くけん、これ持ってすぐ松山《まっちゃま》の石黒さんに行きなはいや」

マサノは、娘が結核の疑いがあるから、中絶を可とす、という診断書を認《したた》め、松山の産婦人科専門の医院を指定した。二人は、幾らかほっとしたのか、ようやく硬い表情を解いて、『よろしゅーに』と感謝の言葉を残して帰って行った。

石原鉱山株式会社の三宅が、明日、鉱山病院に再び出勤するという前日に、尾崎医院を訪ねてきた。

「尾崎先生とお父上に、お赦し願いたいことあって参りました」

聞いてみると、尾崎家に電話を引きたいというのである。設置は会社が負担し、電話通信料もマサノが鉱山病院に籍を置いている間は、会社で払うという条件である。

要は、マサノが鉱山病院を留守している間、医療上の相談を電話でしたいという魂胆なのであった。

鉱山病院の外来は、マサノが留守している間にも通院して来る患者が少数おり、マサノが戻るとまた混雑になった。

マサノが留守の間は院長が短時間、病院に来ることもあったが、大抵は看護婦が対応していた。

医師に相談したい時も、院長の具合の悪い時には出来ないので、結局、尾崎医院に電話を引く話が具体化したらしい。

病院には、鉱山周辺ばかりでなく、この頃は小田川沿いの住人もやって来るし、中山や佐《さ》礼《れ》谷《だに》方面から、人が乗ることは禁止されている索道の帰山便でやってくることもあった。

下流の集落から、一人の中年女がやってきた。

「先生、これなお（治）ろか」

見ると、大腿部や背部に種をばらまいたような、赤いぶつぶつが出ている。発熱はなく、舌や結膜には発疹はないが、赤いぶつぶつのところは、時々激しく痒みが出るという。このようなぶつぶつは、何か月も前から出たり、消褪したり繰り返している。

四肢の皮膚はぶつぶつのないところでも光沢がない黄褐色である。

段々とだるくなり、畑に行くのも億劫《おっくう》になり、出稼ぎも休んでいる。食欲も減って、痩せてきたと話す。

栄養失調だろうかと、マサノはまず考えた。

腹部を触診すると、肝臓が腫れていた。

ここで、マサノの脳裏に、ふと点った至誠病院時代の記憶があった。

群馬の山奥、渡良瀬川流域から連れて来られた女性、あの人も皮膚の色が悪く、気力が衰え、肝臓が腫れていた。

共通項は、

「鉱山……」

鉱山という環境がもたらす何かではないか。

東日本大震災における原子力発電所の大事故を目の当たりにした現代の日本人は、立場に寄らず、『産業を優先しすぎると、環境問題が起こりうる』という警告を否定する人は、皆無になったと言っても言い過ぎではないだろう。

だが、産業を優先しすぎると、環境問題が起こりうるというのは、今日の常識ではあっても、大正時代にそのような観念は日本社会に存在しない。

その後の歴史の中で、日本は公害王国にはなったが、今は公害問題を克服した国として国際的にも尊敬されるようになっているともいわれる。

それは、明治維新以来、一流の嗅覚を持った医師や学者や、例外的にせよ庶民の立場に立ってものを見ることができる吏員《りいん》、あるいはその環境に住む一部の庶民が冷徹に状況を見通していたからこそ、得られた面目である。だがそれとても、僅かでも油断すれば崩れ去る、脆弱《ぜいじゃく》なものであろう。

医師が知らない病気や症状に出会うことは、まれでない。

マサノの時代は、理解されていない疾患のほうが圧倒的に多かった。その時に働くべきは、医師として動物的な勘とでもいおうか、医師特有の嗅覚、観察力、想像力、探究心である。

そういえば、病院に来る鉱山周辺の一部の患者の皮膚は、何となく色が悪く艶のない人が多い気がマサノはしていた。はじめは、単に仕事で汚れているのかと思っていたが、どこか光沢に欠けるのである。

小林ウメと名乗る女に、マサノは尋ねた。

「村では、畑で何作っておるんかな」

「人参やなすび、馬鈴薯《ばれいしょ》が植わっておるがちいとじゃけに、商いにはならんが」

鉱山が盛んになる前は、田植えもできたが、いつか水が悪くなったか、寒いせいかわからんが収穫できずに畑になった。畑ならいいかというと、それも、なかなかよいものはできないという。

付近の川には魚が住まないという風説もまた、本当の話かもしれない。

そういえば、ここへ赴任する道すがら目にした夫婦滝の雌滝の岩肌の爛《ただ》れは、流れが鉱毒に汚染されたせいかもしれないとの臆断を許す。

調べるためには水質を科学的に調べるべきだが、まだそのことに関する知識や、技術は進んでおらず、今ならモルモットをその水で育てるなどして調べる動物実験もありうるが、そんな考えは、欧米先進国でさえ乏しい時代の話である。

石原鉱山株式会社は発電所の横の松林の中に沈殿池を作った。これは坑道からの排水、選鉱場の粉鉱を含む排水をここに集め、濾過《ろか》して放流するための知恵だった。

つまり、鉱毒が含まれることを想定している会社は、沈殿池を造って汚水《ヘドロ》を溜め、鉱毒水を薄めて放流する対策はきちんととっていた。ただし、それが完璧かどうか、周囲に漏出していないかどうかという科学的検証は、どこまでできていたか甚だ疑問である。

この鉱山から鉱毒は外に出ていないというのが、公式の見解である。確かに、人や動植物が大きな影響を受けた痕跡はなく、大須鉱山鉱毒事件というものは、歴史の中にもどこにも存在しない。

だが、マサノは、川の水を飲み水や生活用水にしているというウメに、飲み水や茶、料理の水は念のため、沈殿池よりはるか上流の水を汲んで使うようにしてみたらどうかと提案したのであった。

逆子で生まれた竹山さんの男児はどうなっただろう。

マサノは、病院帰りの道すがら、竹山家に立ち寄った。

「おしまいなさい（こんばんは）、病院の尾崎です」

あの夜、取り上げ婆《ばば》は逆子とわかると、機嫌が悪くなった。取り上げ婆というと、男勝りの気迫のこもった、物怖じしない年寄りを想像する。確かにこの取り上げ婆の母親は、この辺りでは名うての婆で、『クマさん』という名に違わない豪気な人であった。クマさんが他界し、その娘トエさんが継いだ。

ずっとクマさんの助手をしていたから場馴れはしていたが、自分自身はお産をしていないし、独り立ちのとりあげ婆としてはまだ日が浅かった。

しかも、独り立ちしてから間もなくのころ、縁者の娘の助産をした折に、逆子で分娩に時間がかかりすぎて児は死亡、娘も産後の肥立ちが悪く、産褥《さんじょく》熱《ねつ》で亡くなった。縁者だっただけに、やっぱり『クマさん』とは違うと親戚にも、周囲にも陰口され、心の傷になっていたのである。それでも、一人しかいない取り上げ婆だから、周囲もないがしろにはできないし、本人も立ち直って頑張っていた。

村人のお産になると、取り上げ婆だけでなく、お産に慣れた年寄りたちも駆けつける。その中の、村長のおかみさんがいち早くトエさんの落ち着きのなさと、蒼い顔色に気付き、これまで鉱山病院の院長はお産には一切関わらなかったが、尾崎先生は東京の女医学校出身だから産科はたっぷり学んできているらしい。だから、念のため呼んでおこうかと、やんわりとトエさんに告げた。

トエさんとしても、ここで万一のことがあれば、取り上げ婆としての信頼を完全に失墜してしまいかねないから、村長さんのお上さんの言に従ったわけである。

マサノが駆けつけた時には、すでに胎児は産道に入りかけていた。お産は始まっていたのである。臨月に逆子だと判明すれば、この時代でも帝王切開という選択肢を選ぶ場合はあったが、お産が始まれば、つまり児が産道に入りかければ、もはやそれはできない。

マサノはトエさんと力を合わせて、殿位の分娩を見事成功させたのである。

明治三十二年に『産婆規則』が発布され、産婆は医師同様、名簿登録がなされるようになった。だが、日本にはクマさんや、トエさんのような無資格の「取り上げ婆」がいて、戦後『助産婦』その後『助産師』と呼ばれるようになる正式な専門職は、大正時代から昭和初期には、大都会を除くとまだまだ少なかった。

分娩の大半が病院や診療所で、医師と助産師の手でなされるようになるのは、昭和も四十年以降のことであり、自宅出産がほとんどなくなるのはそれからさらに十年ほど経過してからというように、医師が分娩に関わるのは、この時にはまだ例外中の例外であった。

竹山胤一《たねいち》と名付けられた男児は、すくすくと育ち、母親の母乳もたっぷりと出て健康そのものだった。

「先生にはまこと苦労かけました。先生が来て、開口一番言うた言葉が忘れられません。あれで、産婦もトエさんも皆安堵して、お産ができました。いんまがた、お礼に行くところじゃった。ありがとうございました」

竹山の主人は丁寧に頭を下げた。

自分はあの時、何と言ったのだろう、しかとは思い出せない。多分、一休さんの「大丈夫、心配するな」とでも言ったのだろうが、改めて聞いてみるのも憚《はばか》られ、そのままにした。

「何かあれば病院へ来てください」

マサノはきれいな標準語でそう応じておいて、

「ほんじゃいんでこーわい（さようなら、又来ます）」

お国ことばで暇乞いをした。


数日が過ぎて、石原鉱山株式会社の三宅が院長室に訪ねてきて、明日の午後、大阪から下川辺常務がやってきて、先生に会いたいと言っていると報せた。

「何か、特別な御用でも」

マサノが尋ねると、三宅はいかにも言いにくそうに、

「大須の飲み水のことだろうと思います。ちょっと役員会でもめたらしいのです」

小林ウメに話したことが、もう会社の耳に入ったのかといささか驚いた。一体、会社は何を言い出すのだろう。三宅が折角、予め報せにきてくれたので、一応心の準備はしておこうとマサノは思った。

翌日、下川辺常務の話の概要はこうだった。

小林ウメに飲み水を上流から採るよう指示したとのことだが、我々が調査した結果は大須

鉱山から鉱毒は全く出ていないのである。尾崎先生が、それを覆すような内容を小林に指示したことが、村の住人からの訴えでわかった。

住人の一部は、田が出来なくなったこと、川に魚が住まないこと、小林ウメの皮膚の病気がいずれも鉱山からの毒で生じたものに違いないと主張し、会社に保障を求めてきた。

しかし、田に米が出来ないことは、ここの寒冷な気候によるものだし、川に魚がいないのは、鉱山が出来る前からのことだ。

小林ウメの皮膚の病気が鉱毒によるものだと尾崎先生は判断しているのか、そうだとしたら、どうしてそう言えるのか明らかにしてほしいと、迫ったのである。

マサノは、三宅が『飲み水のこと』と教えてくれたので、昨夜自分の診療過程を顧みて、問題を整理していたから、この話に冷静に答えることができた。

小林ウメの病気の原因が鉱毒だと言ったことは一度もない。鉱毒が水に含まれているかどうかを調べる知恵は自分にはなく、それは医師の直接の仕事ではないと考えている。そもそも、鉱毒の物質がもし大量に含まれていれば、患者の数はもっともっと多いはずだから、それは否定できるのではないか。

しかし、自分は足尾銅山の鉱毒が疑われる地域の女性が、いろいろな身体の不調を持ってやってきたのを診たことがあり、その地域から一時避難していただけで、かなり健康を取り戻したという『臨床経験』があった。

小林の場合も、一部類似の症状があり、その経験則から指示した処置である。原因がはっきりしない場合、医師が臨床経験や、書物による知識から診断へ結びつけるのは誤ったやり方ではないと思う。ただ、水が原因とは明言できないものの、やれるなら上流の水を使ってはどうかと勧めただけである。

そうして、もし皮膚の症状が改善すれば、自分の診断が合っていることになるし、そうでなければ他の原因も考えなければならない。これは医学の学校で習った鉄則である、と諭すように話したのである。

下川辺は、少し脅しをかければ、判断を覆すと思ったのだろうか。医師としての正論を展開されてこれは手強いと感じたようだ。

どう話を進めてゆくべきか、しばらく右手を両眉に当て目をつぶって考え込んでいたが、やがて微笑を作った。

「先生のお話はわかりました。だが、会社としては、大須鉱山は鉱毒を流しているという間違った噂が広がるのは避けなければならない。鉱山や会社自体の存続にもかかわることだからです。先生から、鉱毒があるとは断定していないということを、宣言してもらうことはできませんか」

「宣言するとは」

「社員や、村人たちにちらしのようなもの配るのです」

「さあ、どうでしょう。私は皆さんの健康を守るために、鉱山病院に雇われました。実は、小林ウメさんだけでなく、病院に通ってくる何人かの患者にも、水かもしれないと思う人がいます。大須鉱山で働く人やその家族に、できれば飲み水を上流から採るように呼びかけようと考えていたところですから、そのようなものを配るのには賛成できません」

言下に道破しておいて、

「飲み水を上流から採る方が健康によいというちらしを配るのなら、賛成です。そこに鉱毒があるとは断定できないことを書き加えてはどうでしょう」

そう提案した。

このあたりの持って行き方、つまり口喧嘩の仕方は、井出をはじめとした年上の先輩や同僚にたっぷりと仕込まれている。

だが、そう宣言しながらも、あの皮膚の症状には少し自信がなかった。皮膚科の勉強はもっとしなければいけない。

マサノはまだまだ分からないこと、知らないことだらけだと自己嫌悪に陥りそうな自分を、気力で何とか支えなければならなかった。

9 実地研究

尾崎医院では、相変わらずゆったりとした時が流れた。

鉱山病院からは半月の勤務で一か月の給与がもらえているから、尾崎病院でのわずかな収入を加えると、ここでの生活は十分成り立つし、若干の蓄えもできる。

鉱山会社の要求は呑まずに、自分の医師としての姿勢を貫いた。それが出来たのは、ここ尾崎医院を父が家を改造して作ってくれた後ろ盾があったからと、改めて感謝の念が湧いた。

縫子さんが後妻に入ることも構わないと考えていることを、父に直接言うのが何となく憚られたので、晴一に手紙で伝えた。だから、もう父の耳にも入っているだろう。

大正二年八月、帝国大学初の女子学生が三名入学したというニュースが、マサノの耳にも入った。前例がないと難色を示す文部省を押し切って、東北帝国大学は三名に合格通知を発送した。この三名の中には、後に紅花の色素の研究で業績を上げた黒田チカ、鈴木梅太郎とビタミンの研究をした丹下ウメがいる。

十一月には徳川最後の将軍、徳川慶喜が感冒をこじらせ、七十七歳の生涯を閉じた。時代は変遷してはいる、が、男女同権にはまだまだほど遠かった。

鉱山病院と尾崎医院とで、東京では経験しなかったいろいろな症例に遭遇した。そういう症例をみればみるほど、医師としての力量の不足を痛感した。至誠病院では、院長や井出茂代、長鹽繁子らに気安く相談が出来たし、頼りになる水野昭吾にも会えた。

水野昭吾という人物は、いつの間にかマサノの心の中に住みついていて、臨床で判断に困ったり、鉱山病院でのやり取りで面倒が起ったときは、いつもその存在を意識している自分がいる。心の中の水野は、いくら質問しても何も言わずに、ただ微笑んでいるだけだから、肉声が聞きたくなる。

マサノは、静岡の多々良病院に勤務中の井田ツモにまた文を出した。一人で開業すると、相談相手がいなくて辛いこと、鉱山会社が自分の診断や指導に干渉してくる不満、そして会っていろいろ話したい気持ちを縷々《るる》吐露した。

同じ頃、吉岡弥生校長・院長にも手紙を書いた。

地元に帰って一人で臨床の実践をしてみると、経験の乏しさが随所に見えてきてしまい、時々自信をなくしてしまう。特に、小児科、皮膚科、眼科の問題については自分には著しい弱点があると思う。

ついては、東京での実地研究をもう少しやりたい。こちらの事情もあるので、長居はできず、二、三か月のことになるだろう。そういう短期間だが、至誠病院か、他の適切な病院での実地研究ができないだろうかと相談する手紙であった。

これは案外と早く話が前に進んだ。吉岡院長からはいつでも歓迎だと返信がきた。至誠病院の小児科は専任が来て充実してきたから多くを学べるだろう。皮膚科、眼科は三井慈善病院に打診しておいてあげようという懇到なものだった。

東京行きに難色を示したのは鉱山病院だった。鉱山病院の院長は体力が衰え外に出られない状態で、先ごろ辞職願が出ていた。

東京行きの表向き理由は、病院がレントゲン装置という高い買い物をする予定なので、予め詳しく調べておく必要がある。それには、東京に行くしかないというものだった。

「それでも三か月は困りますな」

願いは簡単に却下されてしまった。

「何か月ならお許しいただけますか」

マサノは丁重に尋ねた。

「うーむ、精々ひと月でしょうかな」

下川辺はそう口にしたとたん、しまったという表情をし、本当は一か月でも困るのですが、と付け加え、どなたか代診してくれる先生がいれば……などと条件をつけた。


川や水の話は、その後、どちらにも動かず、そのままになっていた。

ただ、マサノが小林ウメとその家族に、鉱毒という言葉は使わずに、人によって水に合う、合わないが出て、下痢や便秘、皮膚や目の症状になりうるから、水を替えてみることで改善するかどうかを見るのはいいことだと思うと、改めて説明した。

ウメの家族は、本当に水を替えてみたのである。するとウメの皮膚の症状は、いくらか改善してきた。一時騒いでいた人々も、ウメの様子を見て、さほど問題にするに足りないと納得したのか、一応の決着がついた格好になっていた。

マサノは、東京行きの一か月が、とにかく承諾されたことを喜んでいた。だが、折角上京するのに一か月ではあまりに短い。

代診の医師がいればという下川辺の言に反応して、マサノは、代診医師さえいれば許していただいた一か月にその分を足した期間を東京滞在にあてていいということですねと念を押した。下川辺は、考えるゆとりを与えないマサノの繰り出す作戦に参ったとばかり、まあ、と曖昧な返事をし、社長に聞いてみますがと付け加えた。

マサノはそこで、厚かましい相談を井田にした。学生の時から九歳年上の井田には、甘えきっている。それを井田も受け入れてくれている。ほどなく、井田からの返事が来た。

佐賀の実家から帰郷して開業せよとの催促を、延ばし延ばしにしていたが、そろそろ多々良病院を辞して帰る用意をしようかと考えているところだという。その途中に、内子に寄ってマサノに会い、マサノを東京に送り出したあと、四国に一か月ほどなら滞在して手伝ってもよいというものだった。

マサノは小躍りして喜び、井田に何十度目かの感謝を伝えたのであった。

大正三年の春が終わりに近付いていた。間もなく第一次世界大戦開戦の時節であるが、内子の時間はそんな事情とは無縁に流れていた。

マサノは上京する準備を整え、井田の到着を待つばかりになった。

三年ぶりの再会。長浜まで迎えに出たマサノは、姉と慕う井田の笑顔を見つけて、随喜の涙を流した。四日間、共に学生時代に戻ったかのような日々を過ごしてから、マサノは二度目、二か月間の上京を果たした。

マサノの代診で、マサノが残していた小児科患者の難題のいくつかを井田は解決した。彼女が小児科医として徒《ただ》ならぬ実力を身に着けていたのを、マサノは後に内子に戻って、そのカルテを見て知ったのである。

至誠病院も東京女子医学専門学校も表向きは少しも変わっていなかった。

だが、この一年間にも次々と医術開業試験合格者が出て、学生の数も、医師の数も増えていた。

評判で患者数も増加し、病院であるにもかかわらず悲壮さよりも、賑やかさが目立っていた。

至誠病院にもレントゲン検査装置がようやく導入され、稼働していた。

島津製作所から資料を取り寄せたり、友人たちから情報を得て勉強はしていた。だが、コピーのない時代であり、写真もまだ貴重なものだったから、内子で得られる知識は限られていた。

至誠病院で実際に稼働している装置を、上京して真っ先に見学した。聞くと見るとでは大違い、レントゲン検査の威力を目の当たりにした。骨折や、肺の様子など、これまで外側から視診や聴診、打診によって推し量って診断していたものが、レントゲン写真では見事に映し出されるのである。

西洋医学とは何とすばらしい学問なのだろう、これはその歴史的成果ではないかと今さらながら驚き、感嘆した。

放射線の人体への害についても知識を深め、適切な防護対策について詳細を学んだ。最初の一週間はそればかりで、時間が過ぎた。

至誠病院の医局長格であった井出茂代は、マサノと相前後して辞職し、四谷番衆町で開業していた。代わりに医局長格になっていたのは、同期の長鹽と水谷であった。

至誠病院での一年、内子の田舎での一年の臨床経験の差は、彼女たちの立ち居振る舞い、自信を感じさせる判断や技量に表れているとマサノは感じ取った。

自分は長鹽や水谷よりずっと若い、もう少し時間と、懐《ふところ》が許してくれれば東京での研究が続けられ、うまくいけばドイツかアメリカへの留学も夢ではないのにと、向上心と同時につい焦燥心が首を擡《もた》げる。

それでも二か月の上京を許されたのは僥倖と思わなければいけない。

やりたいことは山ほどあった。レントゲン検査のこと、小児科、皮膚病科、眼科、それに足尾銅山の鉱毒についてももう少し調べておきたい。

院長が手配してくれた三井慈善病院の眼科と皮膚病科（現在では皮膚科というのが通常だが、当時は皮膚病学という用語も使われ、この病院では皮膚病科と称した）にも実地研究に行ける段取りができていたので、以後は、至誠病院で主に小児科、三井病院では眼科と皮膚病科に所属することとした。

河田町から神田和泉町の三井慈善病院までは飯田橋から秋葉原まで電車の便が出来ていて、両病院間の往復は便利であり、少しも億劫ではなかった。

マサノは内子にいるうちに、水野昭吾に自分が助手をした乳癌手術をした患者のその後の様子を聞くふりをして、二か月間上京することを書いた。だが、返事がないうちに上京してしまっている。

上京して一、二週間のうちに、至誠病院勤務の医師や看護師、事務員など、知り合いのほとんどに顔を合わせてはいたが、表だって水野医師のことを聞くのはどこか躊躇《ためら》いがあって、その機会は訪れなかった。

三井慈善病院での勤務を終えた夕刻、いつもなら宿舎へ帰るところだったが、この日は入院中の患者のことが気になり、至誠病院に戻った。

「まあ、尾崎先生……ですよね」

暗い廊下を足早に歩いてきて、突然、マサノの前で歩みを止めたのは手術室勤務の看護婦、谷川ユキであった。マサノより若いが優秀で、術者の指示に迅速かつ的確に対応できる、手術室向きの几帳面さと緻密さを備えている人であった。

水野が行った二度の壮絶なハルステッド手術を担当したのも、この看護婦であったから、お互い仕事上だけではあるが、記憶に刻みつけられている。

「あら、谷川さん。私、二か月ばかりこちらに滞在しているのよ。あの後も何例もハルステッドやっているのでしょう」

自然にこの話になる。

「とんでもない。先生が四国に帰ってしまってからは、水野先生、当院に来ていませんもの」

一体どういうことなのだろう。マサノには理解できない。

「お二人のクランケは、どうしたのかしら」

「水野先生が帝大の外来に連れていったのではないでしょうか。よくは存じませんが」

「そうなんですか」

谷川もそれ以上は知らないようだから、この話はこれでしまいになった。

東京帝大に確かめに行く時間も、勇気もなく過ごしていたが、水野昭吾の消息は偶然にもたらされた。

それは毎週金曜に研究に通っていた三井慈善病院皮膚病科医長、伊東徹太医師がマサノに伝達した内容がきっかけである。

「来週の金曜は、大学の同期の医者の結婚式に呼ばれているので、午後は休診にします。尾崎先生は眼科にゆくなり、至誠病院で仕事するなり、どちらでも構いませんが、いいですか」

マサノはその時は少し遅れ気味であった眼科で研究することにし、別段支障はないからご心配には及びませんと応じた。

三井慈善病院の皮膚病科の伊東医長は、東京帝国大学医科大学副手、眼科医長の中泉行徳は同助教授であり、明治四十二年開院のこの病院の運営は六人の東京帝大医科大学教授に一任されていたから、ほとんどの医師が東京帝国大学と兼務であった。

「そうそう、その外科医は尾崎先生のこと知っているらしいですよ」

「えっ」

東京女子医学専門学校の教員や、至誠病院の非常勤医師の何人かは、やはり東京帝大から来てもらっていたから、マサノも何人かは顔見知りだし、向こうもマサノのことを見知っているだろう。

だが、次の伊東の言葉に、マサノは言葉を失った。

「乳癌の手術を、先生と一緒にしたことがあると言っていました」

長い沈黙とマサノは思ったが、それ程でもなかったかもしれない。

「それ、水野昭吾先生のことですね。あの手術はすばらしいものでした。尾崎が喜んでいたと伝えてください」

やっとの思いで繕った。

「資産家の娘を嫁にして、嫁の実家の近くで開業するそうですよ」

実家は宇都宮だそうである。

「え、でも開業されたら、大きな手術はできなくなるでしょうに」

マサノは余分な心配をした。あれだけの外科医が勿体ないと思うのは、医師なら当然であった。

「彼は実力があるでしょ。それでというのも変だが、ちょっと教授と反《そ》りが合わなかったようなんです。仕方ないことですよ」

伊東は詳しい事情を知っているらしかったが、マサノはそれ以上聞くことはできなかった。

東京での二か月は瞬く間に終わり、内子に戻るともう夏の盛りは過ぎ、吹く風は心地よく、棚田の緑が揺れていた。

井田医師は一か月前に内子を後にして、佐賀の実家に帰っていたが、尾崎医院も鉱山病院もカルテなど書類はきれいにまとめられ、小児患者のことなど、何人かの患者の懸念事項は、別紙に箇条書きがしてあり、彼女の才気と几帳面さが滲み出ていた。

マサノは東京での顛末など、井田にたくさん話したいことがあったなと思いながら、内子での二か所の施設での診療という現実の日々に戻ったのである。

10 豊茂

上京した際に、図書館で足尾銅山関連図書を渉猟《しょうりょう》して読んだものの、鉱毒の調査結果を示すものはほとんど出てこなかった。

マサノは、大須鉱山の水や過去の環境について、密かに実地に調べはじめた。古老に聞くと、真吹製錬所が各鉱区に出来てから排煙が雲状に停滞し、山々の樹木が変色しながら枯れるのを見るのが多くなったし、周囲の川の水や川岸の石や岩が茶褐色に変色し川魚は住まない状態になったという話があった。

鉱毒かどうかまでは明言せずに、小林ウメに指導した内容は、いつの間にか地域の人々の噂になり、口に入れる水は、沈殿池より上流で得た水を使う家々が増えていた。

大須鉱山は大正四から五年に最高採鉱量に達する殷賑《いんしん》をみせたが、以後の堀進成績は著しく落ちた。これは、第一次世界大戦景気の失速で、銅の海外市況が暴落したことが影響しており、鉱山は大正九年（一九二〇）までに逐次閉山した。

東京から帰ってみると、レントゲン検査装置を病院に入れる話は、すっかり白紙にもどっていた。そのことで鉱山の経済が落ち目になりつつあることを、マサノは肌で感じた。

会社側には、マサノが川の水のことを言い出して以来、よい感情を持たない役員も何人かいた。東京に行ったことなど、尾崎は厚遇されすぎていると指摘する者もあった。

間もなく、マサノに断りもなく、鉱山を巡回する医師が会社から病院に派遣されるようになった。

会社公認の医師の派遣ということが鉱夫たちにも伝達され、数日間の滞在で、マサノの患者を横取りするように、機械的に診察して帰って行った。

地域の病院医師が一人しかいなければ、女医であったとしてもその医師に診てもらうしかない。そのうちに、女医だが案外まともな医師だという評価はついてきたが、ほとんどの村人は、女医は借り物にすぎないと思っている。そういう感覚だから、会社公認の男性医師が来れば、そちらにかなりの患者は流れた。

その夏には早くも鉱山病院閉院が検討され始めた。

マサノには、会社のいやがらせがなぜ生じているかの想像は容易についたが、格別敢えて争う気も起こらず、自分の役割は既に終わったのだと得心し、大正三年秋には自分から病院を辞職した。

無論、辞職してしまうと、当面の収入の道は閉ざされたに等しかった。

鉱山病院辞職を決めてから、暫くしてからのことである。

尾崎医院を宇和郡平野村で開業しているという医師、姫野覚彌が訪れた。

姫野は京都府立医学専門学校（現京都府立医大）を明治二十九年に卒業している。来年、愛媛県県会議員に立候補する予定だといい、実際に当選して大正八年まで議員を務め、大正七年からは喜多郡医師会長にもなった人物である。

この頃、地方で開業医師が市会や県会に出馬して当選し、中には市長や県会議長になる者もおり、そういう人々は大抵、県や郡の医師会の会長や理事を兼ねていた。これが開業医師の一種のエリートコースと目されていたのである。

このコースに乗るためには、目だった業績を残さなければならない。

その一つが無医村を減らす政策である。

今日と違い交通の便が悪いから、病人がわざわざ都会の病院や医院に通うことは容易でなかった。山間の村々では一層困難であった。それゆえ、医師による往診は今日よりもずっと頻度も重要度も高かった。

山間の村々にまで、都会の医師が馬や駕籠《かご》、あるいは俥で往診に行くことは不可能に近かったから、『村医』の必需性は絶対であった。けれども村医は慢性的に不足していた。村医を配置することは、重要な政治課題となり、成功すれば政治的手腕が評価され、票にもつながる。

その土地出身者で、帝大や医学専門学校に入学している人は、早くから目をつけられていたし、老齢や病気などで多忙な開業の仕事ができない医師や、流行っていない開業医も狙われた。

尾崎医院が新参の女医との理由で、あまり流行っていないことは内子では周知の事実になりつつあり、鉱山病院を辞職することもすぐに広まった。

姫野がそこに目をつけたのは当然のことであった。

単刀直入に姫野は切り出した。

「喜多郡豊茂《とよしげ》村には村医がいないので困っている。去年ははやり病が出たが、手遅れで何人もの子供が犠牲になったそうだ。村から、是非村医を捜してほしいという強い要請がある。赴任してもらえないだろうか」

豊茂村は内子と同じ喜多郡内とはいえ、その西の端（現在は大洲市）で、内子からの距離は直線で四里（約十六キロメートル）はある山間部である。とても内子の尾崎医院から日々通うことはできない。引き受けるということは、豊茂村に住むということだった。

先ごろ、マサノも以前からその名を聞き知っているほどの大御所医師、県医師会初代会長、添田芳三郎会長がわざわざ松山からマサノのもとを訪れて、産婆養成所の非常勤教員になることを依頼、これを引き受けた経緯がある。その折に、添田はこう言った。

「医学の知識はどんどん新しくなっている。医師も、産婆も、看護婦も常に新知識をどんどんと取り入れて、郷里の人々の健康維持に貢献しなければ、愛媛県のような田舎では医学の恩恵からすぐに遠ざけられてしまう。尾崎先生のように、東京に出て勉強してくるような医師は、男女によらず、年齢によらず愛媛県にとっては大事な存在である」

添田は、マサノが鉱山病院に在籍中に東京に二か月勉強に行ったことまで調べていて、マサノを褒め讃えた。それは、単なる誘い水であったにせよ、マサノには好印象になったことは確かだった。

それだけでなく、古い診断治療法を頑固に守り、新知識にほとんど耳をかさず、自信だけはたっぷりある先輩医師が多い中、六十歳になろうかという添田が、医学の新知識に猛烈な関心を示していることにマサノは感動し、さすが県医師会長に推されるだけのことはあると尊敬の念を抱いたのである。

姫野は、尾崎先生のことはその添田医師会長から聞いたのであり、尾崎先生は鉱山病院に勤めて、医学に対し非常に真摯な姿勢を持っている。困っている豊茂村の話をすれば、きっとやってくれるから、頼んでみなさいと言われて来たのだと明かした。

マサノは自分にできる仕事かどうかわからないので、という理由でとりあえず三年間だけ村医を引き受けることを決断した。だが、受けるにあたって、ひとつだけ条件を出した、

「村医なら、往診が主体になるでしょう。豊茂村は山間部で広大ですから、徒歩での往診には限界があります。私は馬に乗れます、馬一頭の手配をしていただけますか」

姫野は、馬の手配などお安いものだと応じた。

三年間という時間を区切った理由の一つは、可能なら再び大阪か、東京で目まぐるしく進歩する感染症の医学を学びたいと思っていたからで、その志を棄てたくなかったからである。

豊茂村は肘川《ひじがわ》の河口から半里のところに流入する大和川《やまと》の流域で、傾斜のゆるやかな山肌に集落が点在し、棚田が広がる。稲作、大豆、楮《こうぞ》などが栽培される農耕地であった。数年後、豊茂村は相生村と合併して『大和村』となる（現在は長浜町の一部）が、マサノはこの両村を受け持つ医師となった。

豊茂村で昨年伝染病が出たということだったが、この時代、日本では伝染病が医学の大きな関心事であった。

天然痘こそ種痘の普及により発症が減っていたが、結核は相変わらず日本中で猛威を奮っ

ており、大正七年（一九一八）は結核による死亡者が最多になる年となった。腸チフス、結核、コレラ、ペスト、赤痢の病原菌が、次々発見されていた。ただ、まだそれに対する確実な治療法はみつかっていない。

マサノの中には、至誠病院で尿糖検査方法を本で勉強して実践したり、ハルステッド手術を水野昭吾と行った記憶が鮮明に残っており、西洋医学は日本よりはるかに進んでいることを身体で感じ取っていた。

東京にいれば、そうした新しい医学知識は多かれ少なかれ入ってくる。ここ内子では、西洋の医学の進歩の足音すら聞こえないことに、不安が募った。

やがてマサノは豊茂村の空家を村の人たちと手直しして、移り住んだ。

マサノが子供の頃に尾崎家に奉公していた女衆、ヨノは一旦結婚したが、今は未亡人になって隣村に住んでいた。ヨノの実家も伊予長浜だから近い。

マサノが豊茂村の村医になるのを伝え聞いて、ヨノは手伝いに雇ってほしいと真っ先に申し出てきた。

彼女は、器量よしとはいえないが、気働きがよく勤勉で、頭の回転もよいことは、尾崎家への奉公で証明済みである。使用人がマサノの性質をよく知っているというのは好都合だし、マサノより八歳年長の三十三歳という年回りは、話し相手にも丁度良く、寂しさを紛らせてくれるだろう。

何よりもヨノは豊茂村の住人のほとんどを見知っているから、マサノが村医としてやってゆくのに大いに役立った。

内子町の尾崎医院の入り口には、

「尾崎医師は豊茂村に赴任しました。次回の帰宅は〇〇日ごろです」

との貼り紙が出された。マサノが一か月に一回数日だけ帰宅していることを示していた。尾崎医院での仕事はその程度しかなく、内子町民はマサノの名前は知っていても、依然としてわざわざ女医に診察に行くという感覚は持っていなかった。

女医が活躍できるのは、男には相談しにくいような特別な場合で、女が「尾崎医院へ行く」といえば、それだけで隠微な匂いがしてしまうというのが町民の受け止め方であった。もちろん、それはマサノの目論見とは大きく外れている。

マサノは、豊茂村に赴任した当初、ヨノに聞いて、年寄りや病人のいる家を馬で回った。馬で行けないところは徒歩で行き、住人の様子を確かめ、必要な処方をした。村医は村から最低賃金を得ているが、薬礼や往診料は、今で言えば自由診療である。医者が自由に決めてよいといえば体裁はよいが、零細な農家が多いこの村で、まともにそれを支払える家は少なく、マサノの持ち出しも自然と多くなった。

それでも、マサノは村に衛生の意識を持たせ、病人には相応の療養の機会を持たせるのが村医の役割と、足場のよくない山奥の家に至るまで、分け隔てせず、利を求めずに診療をしたのである。

村人の笑顔が、マサノにとっての何よりの報酬であった。

住宅からほど近い張木山の麓に、平成二十四年、ついに閉校となってしまった小学校があった。当時、概ね四キロメートル四方から数十人の児童が通ってきていた。

マサノが豊茂村に赴任した年の夏の初め、朝から雨が降り出し、次第に風雨が強くなった。

その日は、往診を取りやめにし、

「こげん日は、患者も通ってこんけん、早めに帰っといてや」

ヨノを早めに家へ返した。

小学校も、これから嵐になると読み、この日は、二時間目を早めに切り上げ、遠方の児童から順次返した。

こういうことは台風の季節には時々あることだった。中央気象台が一日三回発表する全国の天気予報が役所に届き、風雨が激しくなりそうな場合は、学校長にそれが伝えられ下校が早められたりするのである。

新聞に天気図が載るようになるのが大正十三年。ラジオで天気予報が放送されるようになるのは大正十四年のこと、この時期より九〜十年時代が下ってからである。

この頃の中央気象台が発表する予報もまだまだ大雑把なものだから、地域ごとの天気予測は、言い伝えや、古老の体験などに頼る部分も多かったのである。


ヨノを返してから二時間余りしたころだろうか、

「先生、すぐに来てつかーさい」

息急き切ってヨノが戻ってきた。

「どげんした」

マサノがヨノを落ち着かせて聞いてみると、雨で増水した肱川に誤って落ちた人がいて大騒ぎになっている。一人救助したが意識がないらしい。ほかに子供も落ちたという話もあるとのことだ。

駐在さんが、ここらには連れてゆく病院がないから、駐在所まで尾崎先生を呼んできてほしいというので、飛んできたというのであった。

伝令で事故を聞いたヨノは、その現場に行ってみる暇も惜しんでこちらに来たが、大体の場所はわかると言って説明した。

駐在所までは一里（約四キロメートル）あまり、現場までとなると、およそ二里（約八キロメートル)か。この風雨の中の山道だ、馬で駆けても三十分はかかろう。

マサノは作業用の服に素早く着替えて愛馬を引き出し、駐在所には寄らずに、現場と目されるところまで駆けに駆けた。暴風雨の中、人が大勢河原に集まっているので、すぐに事故現場は知れた。

一人の男を乗せた戸板を、屈強な四人の男が舁《か》いて堤の方に移動して来るところだった。

「のけ、のけ、おなごはのいとけ」

マサノが何者だかを知らない野卑な男らが、この事態にますます冷静さを欠いて、声を荒げた。

「あれは、このたび見えた、村の女先生でありやすまいか」

様子を見ていた年配の男が静かな調子で、マサノに近づいて確かめた。

マサノがそうだと頷くと、戸板を担いでいた男たちにそこに下ろせと、今度は命令調で平らな場所をさした。驚いた男たちは、年配の男の命には従ったが、品定めでもするようにマサノをまじまじと見ている。

見物人たちが寄ってきた。

「助かろうか」

年配の男がマサノに聞いた。

戸板の上には、かなり年老いてみえる老人が土気色の顔で横たわっている。マサノは頸部の拍動を探し、瞼を開いた。そして、首を横に振った。

何人かの者が、騒いだ。泣き叫ぶ子供の声がした。

「そうじゃ、子供も落ちたんじゃろ、どこにおる」

マサノが聞くと、

「もっとずっと上《かみ》じゃ」

年配の男は上流を指した。

そこにも人の群れが見えた。ここまで馬で来たから既に服はびしょ濡れである。なおも横殴りの風雨が続き、足元が悪い河原を、衣服が泥まみれになるのも構わず、マサノは走った。四、五歳の男の子が河原に寝かされており、そばで大人たちが泣いたり、名前を呼んでいるのか叫んでいる者もある。マサノは駆け寄って、子供の状態をみた。意識はないが拍動はある。呼吸は不規則で浅い。

横向けにして口をこじ開けて吐物を掻き出すと、大量の水を嘔吐した。これで気道が確保された子供は、突如弱い泣き声を発した。

「わあ」

誰と言わず、声を上げた。

いつも村人たちの心を満たしてくれる静かな川音は、濁流と化して轟音を発していた。泣き声が二度、三度したかと思うと、またぐったりと目を閉じてしまい、寒いというほどではないのに、身体ががたがた震えている。

見物人は一様に不安になっている。

「体温が下がっとるけん、なんか乾いた布か服はないか」

マサノの問いに、

「取ってくるけん」

その場にいた一人の女が走り出した。

「家族のもんかな」

マサノが聞いた。誰かが違うと首を振り、

「慎介んとこは、爺さんと病気の母親と、母親代わりしている女の童だけじゃけん。ミチノはさっきおったがな」

引き上げられた子供は慎介という名前らしい。

母親代わりの童とはミチノという小学三年生のことだった。嵐の中でのミチノの帰りを心配した爺さんが、孫の慎介を連れて、迎える途中事故にあった。

目撃していた人の話だと、木橋を渡るところでミチノを見つけた慎介が急に走りだし、滑りやすくなっていた橋上で滑って転倒し、川に落ちた。それを助けようと、爺さんが川に飛び込み、慎介を捕まえて浅瀬まで連れてきたところまではよかったが、その後、爺さんだけが力尽きたように流されたという。

するとミチノは一部始終を見ていたはずだ。

そう言えば、お爺さんの戸板の近くに女の子がいて、激しく泣く声が響いていたような情景がマサノの耳に残っていた。

あとから駐在に行って、書類を作るから、お爺さんのご遺体を派出所まで運んでおいてほしいと、その場にいた顔見知りの巡査にマサノは小声で囁いた。あと、お爺さんのそばにミチノがいるはずだから、必ず保護して駐在に連れて行くようにとも頼んだ。

慎介はこのあと、近くに住む女の機転で用意された、晒し木綿や綿入れのお蔭で保温が出来た。それでも、しっかり意識を取り戻したのは夕刻近くであった。

肱川の川面には細雨《さいう》がまだ絶え間なく落ちている。河原には茅花《つばな》の穂綿の群れが、時に起こる温《ぬく》い強風に煽られて、みな同じ向きを指して銀色に輝く。茅花流しとはこういう情景のことなのだろう。

それは、人一人が死んだのとは不釣り合いな見事な光景であった。

その土手に愛馬を曳いて歩くマサノの姿が見られた。

「尾崎先生、あんなに泥んこになって……」

まさか女医マサノが泥だらけになるのも構わず、河原の現場まで下りてきてこれほどの手際で子供を助けるとは、だれ一人予想した者はなかった。

この村で、尾崎先生の信望が一気に上がったのは言うまでもない。

慎介とミチノの家は、父親が三年前に流行り病で他界し、今度は爺さんも喪《うしな》って働き手がいなくなったが、親戚や、近所の人々の合力で畑仕事が続けられ、何とか食い扶持は得られた。子供は、この村では非常に大事にされたのである。

マサノは、慎介、ミチノの母親の様子を診に、その後もたびたび馬で訪れることになった。

11 大阪

鉱山病院、村医、産婆養成所講師をするうちに、実家を尾崎医院へと改築した費用を父に返せるに十分な収入だけでなく、幾分蓄えができるほどの稼ぎがこの頃にはあった。

上京するだけの時間的、経済的余裕が出来てきたことで、学問好きのマサノは、どうしても再度東京で研究を続けたいという情熱が、頭を擡《もた》げてきた。

豊茂村の村医をしていた間の、村中を馬で回りながら村人たちの生老病死に寄り添う日々は、皆からの信頼も得られ、それなりに充実してはいた。

だが、そうであればあるほど、人々に最新の医療を提供したいし、とりわけ伝染病を起こさせない衛生や、起こってしまった時の対処について、日進月歩の西洋医学を持ち込みたかった。

そうした知識や技術を十分に持っていないと、自信に裏付けられた診療ができなくなる。その上、自信が持てないと、孤独感に苛まれる。医師を続けるには、もっと研究するしかないと自ら悟った足掛け四年だった。

ちょうど、その頃のことである。

細菌学は当時花形の学問で、マサノが豊茂村に勤務していた大正四年（一九一五）にアメリカのロックフェラー研究所で細菌学の研究を続け、その業績が日本の新聞にもたびたび、大袈裟と言ってもよい調子で報道されていた野口英世が、一時帰国したというニュースを知った。凱旋帰国といった雰囲気である。

野口は梅毒スピロヘータの純粋培養に成功し（のちに培養されたものに病原性が証明できず、否定される）、ロックフェラー研究所に招かれ、大正三年には正研究員となっていた。翌年には日本の学者として最も栄誉のある帝国学士院からの恩賜賞を授与された。今や自分は世界的な学者であり、日本の博士号や恩賜賞など海外では紙切れ同然だと思っている野口は、そのための帰国と思われることを嫌い、嬉しさを隠して七月の授賞式のための帰国はしなかった。

しかし、日本から送られてきた家族の写真と母シカの会いたいと恃《たの》む手紙を見、十五年も日本を留守にしていた間に、母が随分と老いてしまった姿に愕然として、一時帰国を決意したのだった。

大正四年九月五日に野口が乗船した横浜丸が横浜埠頭に着いた。『日本が生んだ世界の偉人、野口英世の帰国』などと各紙に大々的に報道された。

子供の時に左手に火傷を負って不自由になったものの、苦学してマサノと同じように医術開業試験に合格し、アメリカにわたって業績を上げたという立志伝中の人として、大きくもてはやされたのである。

帝大医学部出身者は無試験で医師になれるが、医術開業試験合格者は『開業試験上り』と揶揄《やゆ》されて、一段低く見られていた。にもかかわらず、この年、野口は開業試験上りではじめて恩賜賞を授与されるという快挙をなしとげていたし、その記憶が冷めやらぬ時節での帰国であった。

情報の届きにくい地方にいるマサノも、帰国中に逐次報道される、野口の大学や研究所の視察など、野口の一挙手一投足の記事を興奮の面持ちで追っていた。

その中に、三井慈善病院でマサノが皮膚病学を指導してもらい、現在はワイル病を研究している伊東徹太の研究室訪問の記事があったのを見つけ、またも青春の苦楽を過ごした東京を愛《いと》しく思い起こすのであった。

大正八年の春、マサノは再び東京に舞い戻っていた。

この五年近くの間に至誠病院では、吉岡院長を別格としても、マサノと同期の長鹽繁子は産婦人科・小児科主任、菅志津勢は内外科主任として中枢に存在を示し、後輩の渡辺美代は眼科主任、根岸静は耳鼻咽喉科主任というようにほかの各科の主任も揃いはじめて、医師だけでも総勢二十人余りの立派な組織に育っていた。

マサノは内外科の主任補佐のような形で、勤務をすることになった。

当時産婦人科・小児科主任だった長鹽繁子は、大正十四年（一九二五）、女流漢学者で三輪田女学校を創設した三輪田真佐子の養子で、のちに三輪田学園の校長になる三輪田元道の後妻に入る。『日本一と折り紙つきの後妻』などと称され、名流職業婦人として新聞雑誌でも有名になった彼女は、後年、この頃のマサノのことを次のように述懐している。

——秀才の（尾崎）女史は草深き田園に住んで埋れ木の如くなるを欲せず、向上の精神に燃えつつ再び上京して、母校の附属病院に入り、一層医術を研究されることになり、私共は皆姉妹のように睦まじい月日を送りました。

マサノの上京を特に喜んだのは吉岡弥生校長、院長であった。弥生にとっては、竹内茂代が東京女医学校出身ではじめて開業試験に合格してから、学校を医学専門学校にするまでの険しい道のりを共に過ごしてきたマサノなど初期の卒業生たちの印象は、いつまでも鮮やかさが失せない。

「大先生が会いたいと言っているので、一度我が家にいらっしゃい」

そう誘われて、上京してまもなくの頃、マサノは吉岡家を訪れた。

大先生はステッキをついて、ゆっくりと応接室にやってきた。マサノは大先生の尿糖検査をしたこともあり、その後が気になっていた。

体格のよかった大先生の体躯は、以前より大分痩せ、顔は逆に浮腫《むく》んでいるためなのか肉がついて、ある意味で堂々とした風貌になっていた。

「尾崎先生、よく戻ってきてくれたね、心強いよ」

大先生は満面の笑顔を見せた。しばらく、思い出話や、村医の体験など、弥生を交えて談笑したあと、疲れたのだろうか、

「あとで、僕の知り合いの青年医師が来るから、会ってやってくれたまえ」

そう言い残して、自室に戻って行った。

やがて現れたのは、片桐治郎と名乗るマサノより五歳年長の背の高い紳士だった。

千葉医学専門学校を卒業して、東京市内の私立病院に勤めているが、その間北里研究所にも出入りして、伝染病の研究にも当たっていた。

マサノは、大先生の知り合いということで、大先生に何か用件があって吉岡邸にやってき

たものと思っていた。

片桐は、結核菌やコレラ菌を発見したロベルト・コッホのことをまるで自分で見てきたかのように熱っぽく話し、ペスト菌を発見した北里柴三郎、赤痢菌を発見した志賀潔など日本人も細菌学に大きく貢献していることを滔々《とうとう》と語った。

マサノがそうした話を、眼を輝かして聞きいるのに気をよくしたか、梅毒スピロヘータを分離培養した野口英世と、梅毒の治療薬サルバルサンを開発した秦佐八郎は、かつて同時期に北里研究所に入所して研究していたこと、自分もその北里研究所に時々出入りしていることなど、片桐は益々得意げに能書きを垂れた。

歓談するというよりは、一方的に講義を聞いているような具合だった。ただ、片桐が千葉や東京に長く生活しているにしては、抑揚に関西訛りが入るのにマサノは気付いた。

話が途切れた時に、マサノはようやく言葉を発した。

「片桐先生は、千葉のご出身ですか」

「いいえ、私は奈良県の生駒というところの生まれで、両親は今もそこに住んでいます」

「生駒ですか、私、地理に弱いもので、どこらかようわかりませんが、先生の言葉に関西の訛りを感じたものですから」

「そういう尾崎先生も、東京ではないでしょう」

この日、片桐とマサノは、そんな他愛のないやりとりをしただけであった。

院長も大先生も、尾崎が東京に腰を落ち着けて医学専門学校や至誠病院の力になってくれることを期待した。それには、東京で身を固めてもらうことが早道ではないかと考えて、マサノに片桐を紹介したというのが本心であった。

そういうわけで、院長は片桐を専門学校の非常勤講師に呼んだりしながら、マサノと邂逅《かいこう》する機会を密かに増やした。

マサノが東京でもっと勉強したかったことの一つが細菌学、伝染病学であったこともあって、細菌学に造詣が深い片桐に会って話を聞くと、心が平らかになるのが自分でもわかった。片桐は片桐で、一目ぼれに近い形で、清楚で、知性を帯びた瞳を持つマサノに惹かれていった。興奮すると、饒舌になるのが片桐の特質ともいえた。

二人は日ならずして吉岡夫妻の底意を見抜いたようであったが、それはむしろほほえましい気持ちで受け取ったようである。

秋深くなったころ、二人の仲もまた熟してきたと見定めた吉岡夫妻が、再び自宅に二人を招いた。

「先生方はもう正式に所帯を持ったらどうか、お似合いだと思う。祝言では媒酌をさせてもらいますから」

そう促すと、話しはとんとん拍子に運んで、翌年早々、早くも神田に居を構え、二月には愛媛から父、大阪から兄夫妻を招いて婚儀が行われることになった。

マサノはほどなく妊娠した。

片桐は次男だし、当分東京に腰を据えて研究を続けるつもりだと話しているし、マサノも出産後一段落したら至誠病院に戻るつもりでいたから、吉岡夫妻はご満悦だった。

ところが日ならずして、吉岡夫妻の構想が脆《もろ》くも崩れてしまった　奈良の片桐の父親が急に倒れ、病弱の母親一人にしておくことが難しくなったから帰って来いと、長男から手紙が来たのである。

長男は大阪の『大西組』という大きな工務店に勤務していた。その子供二人はまだ小さく、とても自分たちだけでは両親の面倒は見きれないから、医師であるお前が至急両親の近くに帰れという。長男の命令は絶対であった。

「大阪でも、東京と同じように臨床の研究は出来る。その点は一切心配いらない」

治郎がそう断言した。

この頃の大阪の発展は目覚ましく、大正十四年（一九二五）には人口、面積ともに東京を抜いて、日本一の巨大都市『大大阪時代』に突入している。

東京に拘る必要はない。しかも、治郎はマサノが今一番取り組みたい、細菌学については至誠病院の誰よりも造詣が深いようにマサノには見えていた。

自分はもはや片桐家に嫁いだ身であるし、大阪なら兄晴一夫妻もいる。内子の実家へも東京からよりはずっと近い。すべての状況が、大阪へ行けと命じているとマサノは感じ取った。

「いいわ、ついて行くわ」

二人は、大阪から生駒の間のどこかで開業する案を検討した。

折よく、長男が東成郡天王寺村に格好の土地を見つけてくれ、そこに住宅兼診療所を建てることになった。長男は早々にそのように目論んで、準備していたふしがある。

開業用地の近く、上本町からは、奈良へ向かう大阪電気鉄道が開通しており、生駒まで一時間以内で行くことが出来た。

結婚したばかりの二人には資金がほとんどないから、両親と兄夫婦が資金を工面してくれることになった。このことを二人で吉岡夫妻に報告に行くと、片桐医院の門出をお祝いしましょうと口をそろえたが、内心がっかりという様子は隠しようもなかった。

至誠病院の同輩、後輩たちからは似合いの二人は羨望の的となり、皆から口々に祝福の言葉が述べられた。

マサノは妊婦の身で、日々の仕事に加え、婚儀の準備や挨拶、二月には神田に生活の場を定めるための準備に奔走した。その席を温める暇もなく、今度は五月の天王寺村への引っ越し、その地での新規開業準備と目まぐるしい展開となった。

夫も現地の下見や建築の打合せや金策に駆けずり回り、大阪や生駒への往復を何度か繰り返した。そのうち、一回はマサノも同道したが、身重で、悪阻《つわり》のある中、マサノの身体には非常に大きな負担となった。

片桐治郎とマサノの、わずか二十坪（約六十六・一平方メートル）ほどの平屋建て診療所兼住居が、天王寺村に誕生した。

まだ住居部分には大工が入っている未完成の状態ながら、『片桐内科小児科医院』がついに大正九年五月に開業したのである。マサノが片桐と出会ってから、一年余りという慌ただしさであった。

マサノは身重の身体で、それでも嬉々としてそこで診療をはじめた。

治郎との分担はうまくいった。マサノが診療室にいる間に、治郎は往診に駆け回った。マサノにとっては、いつでも頼れる優れた医師がそばにいるので、豊茂村の村医の時のような孤独な不安に苛まれることはなく、自信を持って診療に当たれる。

それに、間もなく待望の愛児も誕生する。前途洋洋であった。

八月にマサノは男児を出産した。思いのほか難産だった。

出産後から、原因不明の発熱を繰り返し、乳児は母と引き離された。

産婦人科医は産褥熱と診断した。マサノも臨床経験からそうだと思った。珍しいことではないが、抗生物質が存在しないこの時代、重症化すれば手当の方法なく妊産婦死亡率の一位であった。

ちなみに厚労省の統計によれば、大正九年における妊産婦死亡率は、妊産婦十万人に対し、三百二十九・九人である。これは、三〇三回のお産で一人の産婦が死亡するという多さで、不衛生な後進国の数値といえた。

第二次世界大戦前後には抗生物質の普及で半減するが、死亡率が一けた台に入るのには、昭和六十三年（一九八八）まで待たなければならない。

妊産婦死亡率は、経済発展、医療制度や医療技術、国民の衛生意識などさまざまな要素に影響されるが、今日の日本は、妊産婦死亡率が最も少ないグループの国として数えられるまでになった。

マサノの熱は、ここ一年の尋常ならざる過労で体力が落ちていたせいか、なかなか下がらなかった。朝三十八度台に下がったかと思えば、午後からまた三十九度を超える高熱が出て、激しい頭痛を訴えた。

食欲はなく、便通も悪く、だるく、朦朧《もうろう》としている状態が続いた。

夫が病室に来て診察して発見したのは、腹部に三箇所、紅色のバラ疹があることだった。

腹部を触診すると、脾臓が腫れていた。感染症に強い片桐治郎は直感した。

「これは腸チフスだ」

すぐに担当の産婦人科医師にそのことを話した。産褥熱だとばかり考えていた、その医師ははじめ怪訝な顔をしていたが、片桐の説明を聞いて、マサノのもとへ行き、腹部の発疹をみて納得した。

マサノは直ちに大阪赤十字病院に移された。

腸チフスはこの時代、比較的ありふれた感染症だった。浄水技術の不足や、配管内への雑菌混入など、上水の管理は今日のように完璧ではない。

転院してからも、一向に改善する気配はなかった。むしろ、身体は動かせなくなり、激しい頭痛は続き、震えが起こり、朦朧《もうろう》として、幻覚が出たりする譫妄《せんもう》状態となった、脳症に発展したのである。そして、ついに転院して五日目には、意識がなくなって、呼びかけにも答えなくなった。

マサノが罹患する九年前には、既に開発されていたワクチンが全米軍兵士に接種され、以後米軍に腸チフスの罹患者はなくなった。だが、日本の医学界はそのことを全く知らない。

抗生物質も存在しないこの時代、ブドウ糖を注射するなど、飲んだり食べたりができない分を少しでも注射で補いながら、回復を待つしか方法がなかった。しかし、体力の落ちていたマサノには、十分な自然回復力が残っていなかったのである。

下血も起こった、腸チフスの特徴である。

これでどんどん貧血が進み、消耗してゆく。注射や点滴ではとても追いつかない。

マサノはこんこんと眠り続けた。死を待つばかりに見えた。

不思議なのは、大正七年十二月発行の至誠会（東京女子医学専門学校の同窓会）の雑誌『女医界』百二十五号にある『校友の動静』中の『尾崎まさの姉』の項である

——此の程腸チフスに罹り臥床中なりしが、良好なる経過を以って全快せられ、愛媛県喜多郡内子町に於いて従前通り診療に従事せらる。

と記されているのである。大正七年はまだ上京しておらず、もちろん片桐との接点もない。だから、出産後に起きた腸チフスのこととは明らかに別のことが記載されているのである。

この雑誌は確かに大正七年十二月に発行されているから、大正九年に罹《かか》った腸チフスのことを誤って記事にしたものではない。とすると、マサノは二年前に腸チフスに既に罹患していたことになるのか。

果たして、二度も腸チフスに罹患することなどあるのだろうか。通常、腸チフスに一旦かかれば免疫ができる。しかし、生涯免疫というわけではないともされる。だが、その後の二年間がいくら多忙だったからといって、二年で免疫がなくなるなど常識的にはありえない。

腸チフスには再発、再燃というのがある。また、年余にわたって排菌する例もあるといわれる。しかし、多くは回復期に不摂生をして、疾患が再燃するというもので、二年も経っているのに、再発とか再燃はちょっと考えにくい。

残るもう一つの可能性、これが一番考えやすい。

腸チフスという病気は、この時代珍しい病気ではなく、年間五万人以上の患者数だったと言われる。

例えば、大先生、吉岡荒太は旧制一高（第一高等学校）在籍中に腸チフスに罹患、さらに他の疾患にも侵されて退学、医師への道も断念した経緯がある。吉岡弥生校長も、明治三十八年にかかり、一か月以上病床に臥し、その後鵠沼海岸で回復期の一か月を過ごしたとの記録が残っている。

このようなごくありふれた疾患であったし、それにいちいち病原菌を同定することで診断するのは技術的にも、経済的にも不可能であり、診断はほとんど臨床症状でつけていた。類似の症状を示す感染症を腸チフスと診断することはあり得ただろう。

それゆえ、大正七年の診断、もしくは今回の診断のどちらかが間違っている可能性が残る。おそらく、大正七年は別の感染症だったのであろう。

マサノは脳症を発症して、昏睡になった。だが、昏睡になって八日目、眼を開け、呼びかけに応答したのである。

病室は喜びに沸いた。そして、弱々しい声で発した第一声は、

「芳雄は」

だった。

元気に育っていますよ、看護婦が答えると、安心したかのようにまた眠ってしまった。

呼ばれた夫が駆けつけてきて、夕刻対面した。

「マサノ、よかったな」

治郎は涙でびしょびしょになりながら、叫んだ。

だが、マサノは夫の顔を見て不思議そうに眺めているばかりである。

「マサノ、俺だよ、治郎だよ、わかるだろ」

治郎のことを見てはいるが、表情は動かない。

治郎は焦って、なあ、わかるだろうと、同じことを何べんも繰り返した。

憂いとも、戸惑いともつかぬ表情がマサノに浮かび、一粒の涙が目尻から流れた。

そばにいた看護婦が、

「まだ眼が醒めたばかりで、整理がつかないのだと思います」

脳症で記憶に甚大な障害が出ていることが、それから間もなく明らかになった。

自分の名前や医師であること、内子町の実家のこと、至誠病院のことなど、以前のことは概ね記憶していた。ところが、自分はなぜ今病院のベッドで寝ているのかはわかっていない。結婚したことも、夫の名前も、片桐医院のことも全く彼女の記憶から欠落していた。

ただ、自分には芳雄という小さな男の赤ちゃんがいるということだけは、なぜか胸に刻みつけられていた。

12 沽券

脳における認知とか、記憶の仕組みが全くわからない当時、『健忘症』といえば、単に馬鹿になってしまったとしか人々は思わず、その人格自体が荒廃してしまったとみなされた。医師といえども、それは同じであった。

たとえば、年をとって認知症になると、その人を自分たちの社会の範疇からは外し、一員の資格を失わせる。それを、危ないから保護するとか、家の中で庇護するといえば聞こえはいいが、要するに、恥さらしだと家から外に出さず、人前からも遠ざけるのが、日本の昔からの習いである。

障害は障害として、社会の一員として参加させ、人間社会の当たり前の要素として共存させてゆくという、今日の言葉で言えば『ノーマライゼーション』などという考え方はこれっぽっちもなかった。

その日本独特の習俗は今でも色濃く残っている。世界保健機構（WHO）で採択された障害者権利条約批准に、日本は七年も遅れた。我が国の関係法規が条約の基準に合っていなかったためである。こうして何とか規則が整っても、日本人の意識に根源的な変革が起こらないかぎり因習は打ち破れない。

点字ブロックは日本中どこへ行ってもみられ、設置率は世界一だそうだ。だが、大都市を除いてはそれを使って歩いている人を、ほとんど見たことがないという事実が、日本という国、日本人が作り、培養してきた文化なのである。

現代の医学でも記憶のメカニズムが完全に理解されているわけではないが、短期記憶障害、長期記憶障害、前向性健忘、逆行性健忘、初期認知症などの用語は段々一般人でも意味がわかるようになってきた。

マサノは逆行性健忘、つまり意識障害から覚醒した時点から、後ろ向きに一年くらいのところの記憶が失われている。『子供を産んだ』というような、ごく断面的な、強烈な記憶は残っているところもあるから、部分的な健忘である。

これに加えて、短期記憶障害も出現した。さっき言ったこと、さっきやったことを忘れてしまうのである。

だが、昔の記憶や、昔学んだことについては、完全ではないが、かなり健常であった。

このように、マサノの病態を整理して把握することは、当時の医学では不可能であったので、『健忘症』になった、つまり『馬鹿になった』『廃人になった』という理解だった。

そんな人に、医者をさせることは出来ないし、ましてや子供を育てることなどもってのほかだった。

退院してきたマサノは、まだ真新しい片桐内科小児科の住居部分の小部屋に、閉じ込められてしまった。

「病人は、部屋から出ないで、寝ていろ」

というわけだ。せっかく自宅に帰ってきたのに、幽閉されてしまった。

食事は使用人が作って運んでくる。赤子には会えない。自分の夫だという男は、時折覗きにくるが、あまり言葉を交わさない。

あの男は、本当に自分の夫なのだろうか。自分の記憶の中をいくら探ってみても、しっくりとした形は見えないのである。

夢の中の記憶……。

自分には本当に子供がいるのだろうか、ということにまでいささかの疑念が湧いた。

病気と栄養失調のためかほとんどお乳は出ないが、乳首からわずかに白い液体が圧出されるのは、出産してからあまり日が経っていない証拠だということは認識できる。しかも、月経もない。

玉のような男児であった。意識の中で、そういう心象が現れる、それは次第に確信に変わってゆく。

会いたい……。


片桐治郎も深い、漆黒の悩みのまっただ中にいた。

自分は、吉岡夫妻が自信満々で紹介してくれたマサノを一目見て、妻にしたいと思った。その怜悧《れいり》な愛らしさに魅かれたと言える。外面だけでなく、彼女は医学への向上心と貪欲さを持ち、二人での会話は楽しかった。マサノは、自分を知識の面でも、技術の面でも尊敬しており、人間としても拠り所にしてくれていることが実感できた。そうなると、自分もさらに勉学し、マサノの期待に応えようと生き甲斐を感じていた。

ところが、病気が回復して、蘇ったように見えたマサノは、治郎が誰かを認識できず、二人で作ったこの家や片桐医院の記憶まで欠漏《けつろう》してしまっていた。

東京の至誠病院や内子の実家のことは大体覚えているようだが、治郎にとって最も大切な二人で紡いできた短いけれども濃い記憶、感覚が根こそぎマサノの中から亡失してしまっているのである。

マサノはもはや自分の知っている、自分が愛した人格とは異なる別の存在になった。

失意の底、というのはこのことのためにある言葉だと治郎は思った。

「マサノ……さん。加減はどうだい」

治郎はできるだけ穏やかな気持ちで、マサノの部屋に行って問いかけてみる。

はじめは、何か恐ろしいものでも見るように、おどおどするばかりの反応であったのが、
いくらか口をきくようになると、

「私の子供に会わせてください」

いつも決まって同じ台詞を繰り返す。

かと思うと、この頃は
「もう、東京に帰してください。病院の仕事がありますから」

懇願する。

「それはできない、まだ病気は治っていないのだから」

治郎が次第を説明しようとしても、やがて頭痛がする、気分が悪いと引きこもってしまう。

治郎の話の意味するところは理解しているらしく、じっと聞いている時もある。だが、それに特段の反応はなく、やがて情けなさそうに治郎から顔をそむけるのが常だった。

だから、一向に会話にはならない。そんな冷淡な反応だから、治郎にも情が湧いてこないのである。理性だけが頼りの一方通行のお付き合いでは、やがて限界が来るという不安が募る。

片桐医院の仕事が休みの日には必ず、治郎は兄の家で面倒をみてもらっている息子に会いに行く。すると、ひとまず元気になって戻ってくる。

その帰りしな、治郎は大阪城にほど近い人形店にふらりと立ち寄った。

京人形なのか、博多人形なのか、鶴を大事そうに両手に抱える童人形を見つけた。あどけない表情の中に、この男児の将来の幸運を感じさせる。

「そうだ、これをマサノにお守りとしてあげよう」

一目で気に入った治郎は、早速買い求め、帰ってマサノにプレゼントした。

「芳雄は元気でいたが、兄が、情が移るからマサノさんには会わせてはならないと言って聞かないんだ。これ、芳雄の代わりのお守りだ。さっき買《こ》うてきた」

治郎が包みを開けて手渡すと、痩せ細って蒼白な無表情だったマサノの口元に変化が生じた。表情が緩んだのである。童の頬を手で愛撫し、髪を撫でつけている。口元は綻び、やがて双眸《そうぼう》から涙が静かに零《こぼ》れ落ちた。

治郎がマサノの笑顔を見たのは、何か月ぶりだろうか。

大阪赤十字病院を退院して半年が過ぎた。マサノの症状は一進一退であった。

自分が片桐医院の一室に居て、自分の夫だと称する片桐医師が自分の面倒を見ているという状況は、頭では理解できても、実感として得心できなかった。だから、なぜという疑問とともに、申し訳ないという感情が湧く。

退院後に起こったことは、大体記憶しているが、日によっては、頭がぼんやりとし、先ほどしたことを忘れてしまうことがあった。今でいう短期記憶の障害であり、腸チフス脳症の後遺症としての注意障害、見当識障害（日付や地理の認識に障害が生ずる）、認知障害などの症状と解《かい》せるだろう。

治郎は、夫としての情熱というよりは、一人の医師として粘り強くマサノの面倒を見た。

「片桐の女先生はおかしくなった」

というのは噂に過ぎなかったと思われるくらいに回復してくれないだろうか。それが今の治郎の窮極の願いであった。そうでないと、片桐家や片桐医院の沽券に関わるというのが、治郎だけでなく、兄や実家の考え方であり、当時の日本人の普通の感覚だったのである。

片桐医院には、開院の頃、短い期間マサノに診察をしてもらった患者も来ているし、女先生が病気で入院したという噂もいつの間にか広まっている。子供が生まれたことを気付いている患者や、近所の住人もいる。中には、女先生はどうされていますか、奥様はお元気ですかなど遠慮がちに治郎に尋ねる人もあった。

「病気療養しています。そのうち元気になるでしょう。ありがとうございます」

治郎は、決り文句だけを告げて、それ以上は立ち入らせないようにしている。

堺筋本町にある太物問屋の番頭をしている兄晴一も、何度か見舞いにやってきた。マサノは、この兄と子供の頃に遊んでもらったことはよく覚えており、当時の内子町の話には乗ってくる。

ずっと、家の中にいるのは毒だと、あたりを散歩しようかと持ちかけても、マサノは外に出るなと厳しく言われていることもあってか、怖がって出たがらない。

マサノの姿は、そういうわけでこの辺りでは半年以上見かけなくなっている。

女先生は家の奥に隔離されているらしいよ、病気で頭をやられたらしいよ、子供は流産したんだろう、などと噂雀《うわさすずめ》の格好の餌食になっていた。

マサノが一番喜ぶのは童人形だとわかった治郎は、ひとつ、又一つと買い与えた、そのたびに、マサノの笑顔が見られるから、治郎としても少しは気が晴れる。

体調のよさそうな時は、マサノが罹った腸チフスの話や、他の感染症の話をしてみた。独身の頃、治郎の話の中でマサノが一番関心を寄せていた話題である。

専門用語を使って話しても、話の内容はよく理解しているように治郎には思えた。

けれども、その話は夫の話を聞いているのではなく、第三者の学者の講義を聞いているようであって、相変わらずマサノの感情は動かず、よそよそしかった。よくなれば、片桐医院の診察もさせたいと治郎は思っていたが、そこで万一過誤があれば医院の信頼に関わる。

今のように愛想のない、無表情で冷たい女に、片桐医院の診療などとても任せられるものではないと思った。幾らか回復の兆しがないこともないが、今は危険性が大きすぎると治郎は慎重になっていた。

少しずつ仕事に関わらせれば、マサノの回復のためにもきっとよいのであろうが、医院も近頃は非常に忙しくなり、マサノの診察の様子を監視しながら、自分の診療をするなどというゆとりはない。それで、ついつい表に出さない状況が長くなった。

内子の父は、回復の光明が見えてこない以上、マサノを内子町に戻すのは仕方ないことだと考え、片桐治郎に申し入れていた。

それはすなわち、離婚を意味することであった。

晴一は、それに賛同していなかった。何度かマサノに会いに来ると、話は結構はずみ、確かに結婚以後のことは記憶から飛んでいるが、晴一の記憶の中にあるマサノの賢さや、優しさは少しも失われてはいない。それどころか、どこと具体的に指し示すことはできないが、会いに来るたびに、マサノらしさを取り戻しているように感じられるからだ。

ただ、今のように家の中に閉じ込めてばかりいれば、心も閉ざしたままになり、回復の足がかりもつかめないのではないか……。

また、自分の産んだ子に会わせてやれば、大きな展開が期待できるのではないかと彼なりに考え、何年もの間、片桐治郎がマサノをほとんど外にも出さず、子にも会わせないでいることに反感を持つのだった。

治郎には、何度かそういう自分の考えをぶつけてみたが、今は急に刺激しないほうがよいのだと医者としての意見を言われると、それ以上踏み込むことは躊躇われた。

「ひと月ほど、自分の家族と過ごさせてみたい」

晴一は治郎に申し入れたことも、何度かあった。

その度に、時期尚早だと断られていた。

治郎の兄や実家は、元のように回復しないマサノを、いつまでも片桐医院の一室に置き放しにするのはいかがなものか、医院の将来を考えれば、マサノとはっきり離縁し、もっとまともな内儀を持つべきであると治郎に意見していた。

治郎はまだまだ回復の余地があると、淡い期待を持ち続けていたのかもしれない。

こういう膠着状態が一年続き、二年、三年と過ぎると、息子の芳雄の面倒をみてもらっている引け目もあって、兄たちの圧力を回避することが段々と困難になってくる。兄が、マサノに会って、直接これからのことを相談しに来たいと言いだし、治郎もこれには閉口した。

晴一が訪れた折に、かねて晴一が提案していたように、マサノを暫く晴一の家族と過ごさせてみたいと、治郎の方から言い出した。

治郎の兄に片桐医院に踏み込まれ、マサノにそのような通告を一方的にされるのを避けるための時間稼ぎでもあった。

こうして、マサノは、晴一夫妻とその二人の子供と、同じ屋根の下で過ごすことになった。晴一に最初にマサノが願ったのは、人形店に連れていってほしいということであった。マサノは童人形ばかりを見、気に入るとすぐに買ってしまう。

どこからどれだけの金が出て、借財がどれだけあって、誰にどれだけお世話になっているのかという金銭の感覚が確かでなかった。これも病気の影響だろうと晴一は思ったが、言って聞かせることで少しはまともになるだろうと、金銭出納帳をつけさせた。

それでも、童人形に関する限り、糸目をつけない勢いだった。晴一は、その裏には芳雄に会えない辛さ、寂しさと、もう会えないだろう、会わないだろうという覚悟のようなものを感じ、このことではあまり口うるさくしないようにしていた。

晴一の家族との一か月は、マサノにとって自分らしさを取り戻す平穏な時間となった。

大小さまざまな童人形を十体以上抱えて、片桐医院に戻った。

「これからもずっと、治郎を自分の夫として心から愛し、本来の夫婦生活が送れると思うか」

そこでマサノに突きつけられたのは、この問いであった。治郎と治郎の母のいる前で、兄から発されたのである。

おそらく、離婚に持ち込むための問いとして考えに考え、練りに練った踏み絵ではなかったか。

こういうところは、医師の治郎よりも大工務店で社会の修羅場を踏んでいる兄のほうが、はるかに巧みである。

マサノにしても『はい』と答えられる心境からはほど遠いところにあり、予定調和の協議離婚がほどなく成立した。

13 離別

離婚は大正十三年（一九二四）二月に成立した。結婚して五年弱の歳月が経過していた。兄、晴一に付き添われての冬の内子への帰郷は、これまでの、故郷に錦を飾る帰郷とは大きく違い、敗残兵が俯《うつむ》いて帰国するのに似ていた。

マサノ自身はただただ世間なみに努力し、ごく誠実に、真摯に生きてきた。医学の勉強をし、医術開業試験に二十歳前という前代未聞の若さで合格し、病院で研究し、錦を掲げて帰郷したあとは内子町で開業した。鉱山病院、豊茂村の村医としても決して長い期間ではないが、故郷の医療に貢献した。

その後、再び上京して縁あって結婚、大阪で医院を夫婦で開き、男児が誕生した。

その経緯をことさら衒《てら》うわけではなかったが、世間一般から見れば、マサノのそこまでは、女性医師という職業婦人として、人も羨む経歴だった。

そこからは、しかし一気に転落した。

今度は、結婚に破れ、病気で不具になった、まるで引かれ者の帰郷であった。人の役に立つどころか、人の世話にならなければならない厄介者の帰郷である。

そう考えると、内子に帰りたいと確かに思い続けていたのに、そこに帰ることさえ沈鬱な気分になった。

「不具者なんて、誰も思わんよ」

晴一はあっけらかんとして諭した。

「内子で、何したらええんか、うち」

マサノは問いかけた。

「元気になるまで、休んどったらええんじゃ」

こともなげに言う。

「親に迷惑かけるだけじゃけ」

「元気が出てきたら、また医者やればええんじゃ」

「できるかなあ、ずっとせんかったけん（しなかったから）」

「マサノの頭には、医学のことが一杯入ってるじゃろ。新しいことは、書物があるじゃろ。

東京の友達から借りれば、なんぼでもあろうが」

大阪から冬の内子への道すがら、マサノは晴一にそう励まされながら、長浜の港に着いた。伊予ではめったに見られない雪が降っていて、内子への荷馬車も、川船も出ないという。大洲まで愛媛鉄道が開通しており、間もなく遅れた汽車が出発するところだという。

この鉄道は大正七年、マサノが三度目の上京を果たして間もなく開通した。続いて大正九年には大洲と内子間の鉄道も開通した。丁度、マサノが結婚したころのことである。

線路上は、熱伝導の関係で雪が積もりにくいという。二本の線路の間にも雪が落ちては融け、落ちては融け、雪で枕木を隠されるほどには積もっていなかった。それでも、大洲行きの蒸気機関車はおそるおそる、慎重に進んでゆく。

大洲で内子行に乗り換えた。内子までは二里（約八キロメートル）余り、子供の頃見慣れた山々が、雪の薄化粧でマサノを迎えた。

内子での日々をマサノはよく記憶していた。

母が歌ってくれた手毬歌や子守歌の声まで聞こえてくる。一休さんの話も思い出す。

だが、今もって結婚前から腸チフスを発症するまでの記憶はほとんど抜け落ちていた。

意識が戻って片桐医院で静養していた間のことも、刺激のない、朦朧とした日々であり、所々の情景しか記憶されていなかった。

その場その場での会話は、概ねできるのだが、後で誰と会ったか、何を話したかを聞くと、記憶から飛んでいることがあったのである。

大阪での日々は、自由に外出したり、運動することができなかった。周囲に気ばかり使い、食も細くなって、まともな思考ができる環境ではなかった。要するに、心身の休息にはほど遠かったのである。

故郷でゆっくり静養し、心身の健康を取り戻したい。その一心で、内子に帰ってきた。

尾崎マサノ先生が帰郷したことは、内子町だけでなく、喜多郡全体や、その周辺地域まで知れ渡った。マサノが女医として既に有名人だったからである。

尾崎家では、マサノの帰郷をことさら宣伝したことはないが、特別隠し立てもしなかった。噂の広がる速度は山火事のごとく早かった。

ゴシップ好きという言い方はずっと後にできたものだろうが、有名人の噂を好む心理はいつの世も同じである。しかも、よい噂よりも怪しげな噂のほうが面白く、速く広がる、というのは通り相場でもある。

尾崎家の周辺でも、一旦故郷を去ったマサノ先生が戻ってきたのには、それ相応の深い理由《わけ》があるはずだと、

「マサノ先生は離縁されて、泣く泣く帰って来るんだそうな」

「子供を流産して、それ以後、石女《うまずめ》になって離縁されたそうな」

「病気で精神《あたま》がおかしくなっているらしい」

「寝たきりで、医者はもうでけんのやと」

あることないこと勝手な噂話が飛び交った。

こうした中、帰ってきたマサノを見舞う人が多かったのも事実である。興味本位でどんな様子か確かめに来た人もあるだろう。

マサノは普通の挨拶ができ、会話もできるから、日常の中でマサノに会った人には、マサノの記憶がおかしいとか、辻褄の合わないことを言うとか、病気の後遺症があるようには思えなかった。

ただ、以前より痩せて、顔色が何となく悪く、覇気がないと昔のマサノを知っている誰もが感じた。それでも会った人々は存外ほっとし、病後だからそんなものだろうというわけで、勝手な噂は段々とされなくなっていった。


無医村から村医の派遣を頼まれて困っている地元喜多郡の医師会は、手薬煉《てぐすね》を引いてマサノの帰りを待っていた。

マサノは豊茂村での経験があり、それも評判をとった村医であったからうってつけという意見や、村医はやり方によっては比較的軽労働ですむから、病後のマサノは引き受けるだろうとの計算もあった。

日本は明治維新以来、今日に至るまで、医師不足が解消されていないという見方がある。二十一世紀になる少し前に、『医師過剰』と叫ばれ、医学部定員削減まで行われた時期があるにはあるが、これは国が医師が増えれば医療費が膨張することを怖れ、これと既得権を守りたい開業医師の一部とが結びついて、医師過剰がいかにも社会通念のように扱われたためである。

だが、『三時間待ち三分診療』や、『病院のたらい回し』という現実は、医師や病院が悪いのではなく、日本全体として医師に対する需要に供給が追いついていないからだという現実を、ようやっと公然と認める議論が表に出るようになった。つまり、医者過剰は明らかな間違いで、国民から見れば今も昔も相変わらず医師不足なのである。

二〇一〇年の時点では、日本には人口十万人当たり百五十四人しか活動している医師は存在しない。これは、国際比較でも下位のほうである。

大正十三年における医師数は四万三千二十八人である。人口十万人に対して七十七人程度で今日の半分であった。この数字は、医師一人で約千三百人の人々の健康を管理しなければならないことを意味している。

内子町には、東から小田川、北から中山川、北西から麓《ふもと》川が流れ、五十崎付近で合流して小田川となり、南に下って肱川に入る。

麓川の谷沿いには、古くから集落ができ、喜多郡満穂《みつほ》村（現在は内子町）となった。大正十四年の統計で世帯数四百三十二軒、人口は二千百十六人であった。

養蚕が盛んで、大正十五年の統計では養蚕を行っていたのが世帯数の約半分の二百十戸にのぼる。あとは米、葉タバコ、栗、柿、雑穀を収穫しており、比較的零細な農家がほとんどであった。

この大きな集落に医師は存在せず、村医が求められていたのである。

喜多郡医師会の事務長が尾崎家を訪れた。いろいろな噂を聞いていたのだろう、最初はマサノの様子を窺う風であった。だが、実家でひと月ほど休養したせいで、背筋をしゃんと伸ばし、ゆとりの笑顔で受け答えもしっかりしているマサノを見て、医師会長の意向を伝えた。

満穂村村医への要請である。

満穂村の村民が病気にかかると、現状では内子町まで下りて来なければならない。それだけの時間的、金銭的余裕がある家はよいが、ほとんどは医者にみせることなく、症状を悪化させたり、助かる命が助からないこともあった。

急病時に内子町まで下りるのは非常に難儀であったし、村には産婆もおらず、経産婦たちが寄ってお産を手伝うものの、難産の時は大騒動になった。

事務長は、村民の嘆願書を出してマサノに見せた。そういう窮状を訴えられても、往診が主体の村医の重労働を体験していたマサノは、自信が持てなかった。しかも、医師としては数年の空白もある。

その話をすると、

「実は、診療所の土地は既に確保され、倉庫として使われていた建物を診療所兼住居に改築する準備もできています。県と村と医師会は、先生には、遠くまで往診に行っていただかなくても、その診療所に控えていてもらえればよいという考えで進めています」

そこまで準備されて、断ることはもはやできなかった。

少なくとも一年くらいは、じっくり静養できると何となく考えていたが、そんなのんびりとした観測は忽《たちま》ち打ち消されてしまった。

マサノはむしろ嬉しかった。自分の体力は別として、そもそも、自分はもう医師としては認めてもらえないのではないか、人のために役立つことはできないのではないかという不安が、ずっと燻《くすぶ》っていたからである。

父も、仕事がよい薬になることもある。自分の天職と決めた医師の仕事をしながら、養生するのも悪くないと全面的に賛成してくれた。そればかりでなく、豊茂村村医時代に、通いで手伝ってもらった未亡人、ヨノを再び呼び寄せ、満穂村に付けてくれる算段を整えてくれた。

ヨノは奉公先だった尾崎家から嫁に出してもらった経緯《いきさつ》、運悪く未亡人となっていたところを、豊茂村診療所でマサノを手伝うことができた幸運、そして今、かつての主人から是非にと再度呼び寄せられ、子供の時分から知っているマサノ先生の手伝いができるという巡り合せに、小躍りして喜んだという。

今度は、内子町後小路の尾崎医院との掛け持ちではない、専任の満穂村村医である。腰を据えて満穂村診療所兼住居に居住する。ヨノも一緒である。

実家から出発した馬車は、一路、四月の満穂村へと進む。麓《ふもと》川の清流を右に眺めながらの遡上である。左右に田畑が広がっているかと思えば、突然切り通しのような狭隘な道になったりする。道路の端には、いつ降ったのか名残り雪がみられた。

麓川の川幅のやや狭いところを狙って、所々向こう岸の集落に行く粗末な生活橋が架かり、あるいは飛び石を設置したりして往来できるようにしてあった。だが、それらは洪水のたびに架け替え、作り直さなければならなかった。

河内《かわのうち》と呼ばれる地域に入ったところに、幅六尺（約一・八メートル）、長さ五丈（約十五メートル）の、土台を頗る頑丈に作られた立派な木橋があった。田丸橋と通称されている。

単なる生活橋ではなく、荷車や牛馬まで通れるようになっていた。

この橋は、今でも観ることができる。腐食が進んでいたこの木橋は昭和十七、八年ごろに台風のためにほぼ流失した。そのあと、杉皮で屋根を葺いた珍しい屋根付き橋とし、腐食を防いだばかりでなく、農作物や木炭の倉庫としても利用されたという。

村人には命綱にも似た大事な橋だったのであり、現在も地元住民らによる保存会で復元され、大切にされている。

この田丸橋を右手に過ぎて、一段と狭隘になった長い林の間を抜けると、麓川は急に西へ向きを変え、マサノの辿っている道はそれと交差する河之内大師堂の際にある松取橋を渡る。ここまで道の右側に流れていた麓川は、今度は左手になった。

川の上流はぐんぐんと西の秋葉山から連なる丘陵へと向かい、その麓を流れながらこの辺りでは広大といってよい平地を作っている。

この付近の川岸には茅花《つばな》（茅萱）が群生し、線形の細い葉が出て、花茎が立ちはじめている。やがて、茎の先に、白く長い毛を密に付けた花穂を持つのである。初夏には茅花流しにゆれる銀色が人々の目を楽しませる。

診療所はその平地の南寄りの麓川沿いにあった。

取っ付きだけは西洋風にした平屋建てのこじんまりしたもので、トタンの腰折れ屋根の庇が突き出たところが玄関であった。玄関の中央には、やはり洋風の小さな玄関灯がとりつけてあった。

屋根は赤く塗られて洋風なのに、玄関の引き戸は木製の格子戸である。『満穂村診療所』の小さな看板が横にかかる引き戸を開けて三和土《たたき》で履物を脱ぐと、廊下を隔てて左右に分かれる。右手が診療所、左手が居住区域である。

診療所側の上がり框《かまち》には上履きが用意されており、履き替えるための履物入れが用意されている。これが村の診療所にしては、随分と洒落た雰囲気を出していた。

マサノは、一目でこの半洋風の診療所が気に入った。彼女にとって、ここは満穂村にできた、新規蒔《ま》き直しの新生活空間となったのである。

14 麓《ふもと》川

満穂村診療所の庭は麓川の流れに面している。左手に鎌倉山、右手に秋葉山あるいは妙見山を愛でながら、その麓を南下してゆくので、麓川と名付けられたのであろうか。

高野久美《ひさみ》は診療所の周りの土手によくやって来た。

満穂村は雨が上がって、湿気を含んだ涼風が吹いている。土手には長く伸びたいっぱいの茅花《つばな》が風に煽られて、花穂が同じ向きに流され揺れている。茅花流しの季節になったのである。

小学校に通う前後の頃の久美は近所の子たちと茅花摘みをして、ここでよく遊んだ。

若い花穂を噛むと甘味があり、子供たちは摘んでは噛み、噛んでは摘んで走り回った。

マサノは、とりわけて小児、乳幼児の健康に心を砕いた。

子供たちは、医者をみると逃げて行くものだが、マサノをみると笑顔で寄ってきたものである。それは、マサノが普段から、村の子らの様子に気を配り、各家を訪問したり、時には遊びの輪の中に入ったからだった。

後年の久美は、診療所の周囲で自分たちがそこで茅花摘みをしていると、よく先生が笑顔で窓から顔を出し、時には外に出てきてくれて、いっしょに遊んでくれたことをはっきりと覚えていた。

マサノは、

「川べりのほうに行くと滑るけん、気いつけてや」

決まってそう注意の声をかけ、久美たちが走り回っているのを愛おしげに眺めていたそうである。

診察室や自室にいる先生は、たいてい白の割烹着のようなものを纏っていた。

久美も、遊んでいる時に先生が顔を出さないかしらと、よく開け放しにしてある窓から覗き込んで、先生を探してみたりした。

その折の記憶の中で最も強い印象は、先生のお部屋の棚に、いつもいっぱい童子の人形が並べてあったことだ。

「お節句でもないのに……」

子供心にそんなことを感じながら、尾崎先生は子供が好きなんだ、子供の味方なんだというような思いがいつの間にか醸成されていった。

往診か何かの帰りなのだろう、廂髪に、紫地の小袖にあずき色の袴をはき、編み上げ靴といった姿で、先生は高野久美の家によくやって来た。

高野邸は診療所からほど近いところにあり、この辺りでは大きな家であった。久美の父親は神職で、満穂神社をはじめ十近くの神社の神主を兼ねていた。母親は気さくな人で、世話焼きであった。

それゆえ、尾崎先生が村医として赴任すると、役場への連絡や、引っ越しの片付けを進んでしにゆき、先生とばあやさん（まだ若いヨノのことだが、久美や高野の家族はそう呼んでいた）とが、この村での生活がしやすいように、村の慣習やしきたりを伝授した。

マサノもまた、自分より少し年上の、親切な久美の母親を何かと頼りにして満穂村の生活に慣れようと努力していた。

先生は、久美や他の家族の風邪や歯痛の薬を届けがてらに来ることもあったが、さして用事もないのに、ふらりとやって来ることが多かった。

だから、自分の家の縁側で母と、尾崎先生と、もう一人の女性とがよく茶を喫している姿が、一幅の絵となって久美の心に残っている。

そのもう一人の女性は、尾崎先生よりももっと若い感じであった。あとで久美が聞いた話だが、それは満穂尋常高等小学校の新江《にいえ》という訓導（教諭）の夫人だったという。尾崎先生より半年ほど遅れて新江先生は松山の方から転勤してきた。

マンドリンなども弾く多趣味な、頭の切れそうな先生で、どうして松山の先生がこんな田舎に、と誰もが不思議がった。

新江先生が松山の学校に勤務している折に、子供たちを引率してどこかの見学に行った。その時、一人の学童が集合場所から勝手に離れ、近くにあった材木置き場で遊んでいるうちに、材木が崩れて下敷きになり、死亡した事故があった。先生はその監督責任を取らされて左遷されたのだという大人の噂を、久美は聞いたことがある。

新江夫妻が越してきた時も、久美の母親はなにかと手助けをした。

もし、マサノ先生の日々が多忙なら、自宅の縁側での姿をそう度々見かけることはなかったであろう。だから、少なくとも当初は、マサノ先生は暇だったのだと思うと、久美は述懐している。

村医が来たといっても、やはり村のこと、そう簡単に打ち解け、信頼を寄せるはずのものではない。何となく、皆が様子を窺っていたふしがある。

そんな空気を割く出来事があった。

高野久美の父親が、河内から直線距離でも一里半（約六キロメートル）のところにある重藤という村の代々庄屋を勤めていたという家の男、田川喜作という人が、満穂村医として尾崎マサノ先生が赴任したというのをどこかで聞きつけて、どうしても診察を受けたいと言っているという話を持って来たのである。今はほとんど寝たきりになっているのだそうだ。

重藤は伊予市に属し、伊予中山に近い。そこまで行けばいい医者がいるはずなのに、なぜ尾崎先生なのだと問うと、十年ほど前、大須鉱山で働いていた折に怪我をし、鉱山病院で先生に助けてもらったことがあるからだという。

それにしても、直線で一里半とはいえ、山を越えてゆく蛇行だから、道のりは十キロメートル近くになり、とてもマサノの体力では無理である。

そこで、高野は仕事柄付き合いのある村の北端にある弓削神社を借りることにして、そこに田川を駕籠で連れてくる。マサノにも駕籠で行ってもらうという一計を案じ、五月某日実行した。

弓削神社は応永三年（一三九六）創建と伝えられる。椎の巨木、梅や桜、山々に囲まれた弓削池の配合が絶妙な境内を持つ、閑寂な古社である。そこで、マサノと田川は会った。

田川喜作のことは、マサノの記憶に確かに残っていた。鉱山の現場で、滑って足場を踏み外して転落し、骨盤や上肢など多発骨折して、ふた月ほど鉱山病院に入院していた気のよい中年の男性であった。

長い入院の間、先生から『田川さん』と呼ばれるのをよそよそしいと嫌がり、『喜作』と呼んでくれ、といったものだ。

「先生、また会えてうれしいよ」

喜作はままにならない身体で、山道を駕籠に揺られてきたにしては、血色のよい笑顔をみせた。マサノも負けずに笑顔で応じた。手早く診察を済まして、やはり脳卒中の発作の後遺症だと告げた。

「ほうじゃろげえ。でも大分口きけるようになったんじゃ」

「それは、よかったですね、喜作さん」

「わしも、身体がえろなってな、あれから二年で鉱山やめて家に戻ったんや。それからしばらくしてこれや。でも、先生もえらい苦労なすったてなあ」

「喜作さんの苦労に較べれば、大したことありません」

「先生、あれ言《ゆ》うてつかあさい、あれ」

「あれ」

「ほうら、よく言うて皆元気にしてもろた、あれぞな」

マサノはきょとんとしている。

「なんや、忘れたんか。一休さんのあれや」

「ああ、大丈夫、心配するな、何とかなる、やね」

喜作は、それさえ聞けばもう薬などいらんと、涙を封印して。これ以上はないという笑顔を作って重藤へと戻って行った。

そのことがあって、鉱山病院で名医の誉れ高い先生だったという噂が立ち、満穂村の村人のマサノを見る目に変化が生じた。診療所は忙しくなり、高野邸にマサノがやってくる機会も減った。

五月の南風が河原を通る時、真っ白な茅花流しの真っただ中の診療所の可憐な屋根の赤は一段と映えて見える。なぜかその風景は、年ごとに村人たちをほっと安堵させる忘れられない絵画となって根付いていった。

昭和七年、久美の母親が妊娠した。母親は久しぶりの妊娠で、悪阻《つわり》もひどかった。久美はもう十歳になっていた。

尾崎先生は、産科医としても腕があるといわれ、村でも既に何人かの分娩に立ち会い、無事成功させていた。

妊娠中の母親を、とくに臨月に近くなると二日にあげず往診に来てくれた。久美は、尾崎先生が往診に来る日は先生を迎えに行って荷物持ちをし、帰りは送っていった。

それは、久美の楽しみでもあり、赤子が生まれてくることへの不安と期待の裏返しであった。先生が往診に来てくれることは、久美にとっても、母にとっても心丈夫だったのである。

ある小雨の日の午後、そろそろ尾崎先生が往診に来てくれる時間が近づいていた。時間はきっちりと決まっているわけではなく、その日の診療所の外来患者やその処置によって、大幅に前後した。久美は、いつも早目に診療所の庭に行って、遊びながら先生が出てくるのを待つのだった。

診療所の前に行くと、その日の診療は一段落しているような気配であった。玄関の出入りの様子からそれがわかる。先生が自分の部屋にいるかどうかも、久美には大体わかる。先生が在室の昼間は、寒い冬を除けば、居室の引違い窓は大抵少し開けて風を通していたからである。

だが、今日は蒸し暑いのに、小雨が降っているせいなのか先生の居室の窓は二つともぴったりと閉まっていた。

「先生、お出かけじゃろうか」

久美は、居室の窓に近づいた。近づくと、閉めてあるはずの引違い戸が、建付けのせいで僅かに隙間が空いていた。背伸びをして、久美はその隙間から覗いてみた。

先生はいた。後ろ向きに跪《ひざまづ》いていた。前をじっと見ている。そこには夥しいあの童子の人形が並んでいる。

その中の真正面の一つに向かって、何事か話かけ、やがてそれが嗚咽になるのを久美は目撃した。

先生が泣いている？　何に話しかけているの？　久美は事情が呑み込めず、もっとよく見ようと、もう一度背伸びをし直したところでよろけ、手を添えていた窓が、かたっと鳴った。

「あっ」

という久美の声が出たのと、マサノ先生がこちらを見たのが同時だった。

先生は、手で涙を払いながら、窓を開けた。

「なんや、久美ちゃん。そんなとこから覗いてたん、たまげたげー」

「こらえてつかーさい」

久美は見てはいけないものを見てしまった気がして、思わず謝った。

「かまへんよ。久美ちゃん濡れるで、お入りんさい」

久美は誘われるままに、中に入った。診察室には何度か行ったが、先生の部屋に初めて通ったのだ。

先生が見ていたのは、鶴を大事そうに両手に抱える男の童の可愛らしい人形だった。

「これは、先生の坊やなの」

マサノの言に久美は、どう答えたらいいのかわからなかった。

マサノ先生は、自分には久美ちゃんより三つ大きい男の子がいるのだけれど、先生が病気になったため、会えなくなったのだと話してくれた。病気がひどくて、その頃のことをみんな忘れてしまったの。今、少しずつ思い出して、思い出したことを書きとめていたのよ、と説明してくれた。見ると、童人形が沢山並んでいる台の横に、重ねられた半紙と、筆と墨が用意されていたが、一番上の半紙は真っ白で、何も書かれていなかった。

七月七日、尾崎先生の手で女児が取り上げられた。久美の妹である。

生まれてからも、当分の間、先生は母児の様子を毎日診に来てくれた。

もともと、マサノには体調の良し悪しの波があり、往診は原則としてしない方針で村医を引き受けたのだが、村医に赴任するとすぐに、専用の駕籠で、馴染みの駕籠《かご》舁《か》きを雇って、少なくとも週に二、三度は往診する姿がみられた。

そればかりか、高野家など近所は徒歩で往診していた。

村医は往診ができ、病者と会わなければ意味がないのだと、自分でもよく言っていた。

患者が病のことで心配そうにしていると、決って
「大丈夫、心配するな、何とかなる」

と励ました。

治らない、死に行く病の人にも、人に生がある限り大丈夫だと言い続けた。

大丈夫とは、死なないという意味ではない。病がどうであれ、具合がどうであれ、そこに一人の人格という貴い価値があるではないかという達観から来ているもののように思えた。だから、その激励は、自信満々で、頼り甲斐があった。

翌年の秋になったころからだろうか、専用の駕籠が院内の定位置に寂しげに佇んでいるばかりで、外に出るマサノの姿をあまりみかけなくなった。

高野邸を気軽に訪れる姿もなくなり、逆に久美の母が尾崎先生の様子を見に、食べ物などをもって、診療所を訪れるほどだった。

久美もよく一緒に行ったが、いつもの先生の笑顔を見ることはできなかった。

それでも、診療所の戸を叩く人は毎日のようにいた。先生のあの一言を聞きたくて……。

久美の母親や周囲の村人は、マサノの食欲や、顔色をみて大きな病院で診察してもらった方がよいのではないかと心配していた。

ヨノも同意して皆で説得したこともあった。だが、マサノは自分は医者だから、自分のことは自分でわかるといって、取り合わなかった。

「いかなご、おいりんかー」

年が明け、春が過ぎ、駕籠を頭に乗せて、日傘を差した行商の女衆が通った。満穂村診療所の河原は、茅花流しが吹く季節になっている。

診療所に突然『当分休診』の看板が出たのは、数日前の昭和九年五月のことである。マサノが吐血し、内子町の実家に運ばれ、町の医師に診せたが手に負えないとのことで、急遽大阪に移送された。

伊予鉄道の埋め立て地、梅津寺飛行場が昭和四年に完成し、大阪、高松、松山間の往復を日曜日以外一日一便、三人乗りまたは六人乗りの飛行機が就航していた（日本航空輸送研究所による）。松山大阪間は高松経由で二時間四十分かかり、料金は十八円であった。すぐに大阪北野病院へ入院、白血病の疑いで、今度は大阪医科大学（大阪大学医学部の前身）病院に転院、診断が確定するも有効な治療法はなかった。

しばらくして病床のマサノは、ずっとつきっきりであったヨノを一旦返すと、これまでの生きざまを顧みる時間がたっぷりとあった。

その折に思い起こされるのは、東京女医学校の第一回卒業式の会場で、女医亡国論が飛び出してきた折に、大隈重信公が語りかけた言葉であった。

「卒業生に藉《か》すに十年乃至十五年の歳月を以てせよ、事実の現れる成績の如何によって結論が得られるであろう」

マサノは卒業してすでに二十有余年を過ぎていた。

——この間に自分は、女医の存在が世に認められるのにふさわしい役割を果たしてきただろうか。

自問しても、その答えは自分で出すことはできなかった。

確かにあの卒業式で大隈の言葉を聞いた時には、震えるほど気力が充実していた。だが、その後の自分の人生は、自分の身体との闘いになった。もっとできた、まだまだやりたい……、せっかく与えられた役割を、十二分に果たせたという充足感からは遠かった。

自分はやがて一生を終えるであろう。死ぬまで医師であり続けること。それが自分に与えられた責務であり、自分ができる最大値なのではなかろうかと独り言《ご》ちた。

小康を得た八月上旬からは内子町の実家にての療養となった。

静養の甲斐あって食欲も幾らか戻り、軽快の兆候がみえるとマサノはどうしても満穂村に戻ると主張した。

綾三郎はひどく心配した。形相こそ穏やかであったが、言葉の裏にある強固な意志は父親にも砕くことはできなかった。

往診業務は決して行わないという約束で、十一月から満穂村診療所の『当分休診』の看板は取り外された。もちろんヨノも一緒である。

村民は大いに喜んだが、事情を知っていた久美の母と久美は心配でならなかった。久美はもう満十二歳になっていた。

満穂村にも春がきざしたお椿さんの頃である。診療所の玄関には、凍《い》て返るように『当分休診』の看板が再び掛けられた。

そしてもう、これが外されることはなかった。

マサノの最期の言葉は、『最早一時間なり』であったという。予言通り、それから一時間して彼女は永眠した。医師としての最後の診断であった。

数日後、ヨノが一人で片付けをして診療所を後にする姿がみられた。

内子の尾崎家に奉公し、マサノが母を喪い、医師を目指した経緯を目の前に見、のちに豊茂の村医となったマサノを助け、満穂村では命を賭して力を注ぎ切るところまでマサノの生涯の大半を見届け、蔭の力になり続けたヨノ。表舞台には一度として出ることはなかったが、ただ一筋にマサノ先生に尽くした彼女の悲しみは、いかばかりであったろう。

マサノ先生を惜しんだ村人たちの力で、没して間もなくの昭和十年（一九三五）十一月、河内の診療所のあった路傍に顕彰碑が建立された。

――尾崎先生碑

先生の名は尾崎政乃、氏は伊予内子に生まれた女性で、東京女医学校で医術を修め、二十歳にして医籍に登録され、才名は高く志は大きかった。大阪で開業したが病を得て、志は半ばで屈した。故郷に帰り満穂村の要請に応じた。村医として十有二年ついに宿痾《しゅくあ》に没した。今年の春、二月二十日のことであり、四十五歳であった。訃報を聞いたもので哀痛惋惜の念を持たなかった者はない。先生はしとやかで美しく、貞淑で温かく、意志が強く、病を診るときは丁寧で気持ちが籠っていた。また、多くの臨床経験もあった。村人たちは皆頼りにし、治療の恩恵を受けた。村議を経て石碑を建て不朽の功績を伝えることにした。尾崎氏と旧交ある者とともに碑に次の詩を刻む。

その漢詩は、このへき地での偉業をたたえ、その命は果てても、その功績や愛はいつまでも果てることなく、伝わってゆくであろうから、安らかに眠りたまえ、という意味のものであり、篆額《てんがく》（碑の題字として篆書で書かれたもの）は東京女子医学専門学校長吉岡弥生となっている。

しばらくして茅花流しの診療所に赴任した主《あるじ》もまた、女医であった。村にはあまり馴染めなかったか、長くは勤めずに松山に越したという。それ以降、診療所は主不在になり、いつか製缶工場に売られてしまった。

長い年月の間、風雨に晒され、大洪水にも遭い、植生も変遷した。人口は減り、村は市に合併された。それでも、尾崎先生の碑が今も立つこの土壌に深く深く記憶されたのは、尾崎マサノという明治の一女医の心根にほかならなかった。

やがて茅花流しが銀色に輝く季節がまた巡ってくる。

銀色の世界を作り出した河原に小さく佇む赤い屋根の診療所。満穂村の村民がこの風景を見れば、たとえ主がいなくても、ほんのりした安堵感を感ずる。

これこそ、

「大丈夫、心配するな、何とかなる」

そう言い続けて、患者に寄りそった尾崎マサノの、記録には残らない功績である。

この何とかなるは、生と死を持つあらゆる生物の中で、人間にしか与えられていない情や叡智で紡ぎ出してゆくことでしか、実現できないのではなかろうか。マサノは実現のすぐ近くまで来ていたような気がする。

平成になってからの、ある夏。大阪城から南へ一キロあまりのところに、新しい医院が建った。

今日は休日なのだろう。医師と思しき甚兵衛姿の中年男が、医院に連なる住居の茶の間で寛《くつろ》いでいる。女性が、二人分の茶と和菓子を盆にのせて入ってきた。

妻なのだろうか、あるいは娘なのか、彼女もまた医者なのだろう。茶を喫しながら、二人で懸念している患者の話をずっとしている。

昭和十年四月一日発行の『女医界』に三輪田（旧姓長鹽）繁子が寄せた弔文『尾崎政乃女史の長逝を惜《おし》む』に掲載されている女史の顔写真は、わずかに右斜めから撮られたものである。

眉は濃く、眼は緊張気味に前を凝視してきりりとした印象を与える。鼻は高く、口は柔らかく閉じている。庇髪に和服の襟元が見える女史の顔立ちには、まだあどけなさが残っているが、決意を感じさせる肖像である。おそらく病気になるずっと前の若い時代の写真であろう。

茶の間から一旦出て、やがてどこからかカルテを持参した女性も、鼻筋が通り、凛とした面立ちで、どことなく写真のマサノを偲ばせる。

二人のいる部屋には、木肌の飴色が歴史を感じさせる茶箪笥がある。

その一角で、愛《いと》おしい宝物であるかのように鶴を大事に両手に抱えた意匠の童人形が、何か言いたげに二人に微笑みかけていた。

この作品は、愛媛県内子出身の尾崎マサノ（政乃、政乃子とも）という実在の人物に取材しています。地名や人名には当時実在したものを使った部分も多くありますが、その内容はフィクションです。各種調査にご協力いただいた内子町役場、吉岡弥生記念館をはじめ、各位に感謝します。

若倉雅登　わかくら まさと

井上眼科病院（御茶ノ水）名誉院長。1949 年東京生。北里大学大学院博士課程修了。グラスゴー大学シニア研究員、北里大学助教授を経て、2002 年井上眼科病院院長。2012 年から現職。この間、東京大学、慶應義塾大学非常勤講師、北里大学客員教授、日本神経眼科学会理事長、日本眼科学会評議員などを兼任。神経眼科、心療眼科を専門に週の前半は診療、週の後半は主に一般向けコラム執筆、著作、講演、TV 出演、ボランティア活動（NPO 法人目と心の健康相談室副理事長）などに取り組む。

著書に、「健康は〈眼〉にきけ」「絶望からはじまる患者力」「医者で苦労する人、しない人」（いずれも春秋社）、「目の異常、そのとき」（人間と歴史社）、「三流になった日本の医療」（PHP 研究所）など多数。小説に「高津川──日本初の女性眼科医　右田アサ」（青志社）がある。

茅花《つばな》流しの診療所

発行日　2016 年 2 月 24 日　第 1 刷発行

著　者　若倉雅登
編集人
発行人　阿蘇品蔵
発行所　株式会社青志社
〒 107-0052 東京都港区赤坂 6-2-14 レオ赤坂ビル 4 F
（編集・営業）Tel : 03-5574-8511　Fax : 03-5574-8512
http://www.seishisha.co.jp/

印　刷
製　本　株式会社ダイトー

ISBN 978-4-86590-024-8 C0093

青志社の文芸書

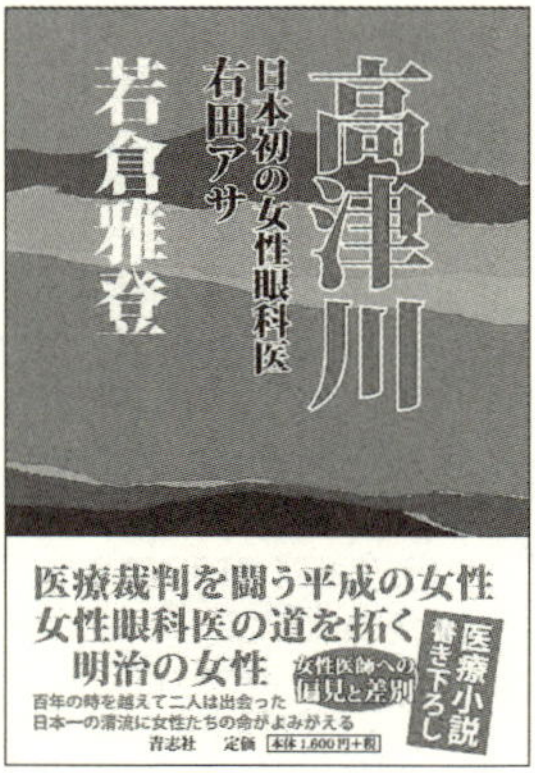

〈書き下ろし医療小説〉

高津川

──日本初の女性眼科医　右田アサ

若倉雅登 著

定価　本体 1600 円＋税

女性医師への偏見と差別──。医療裁判を闘う平成の女性。女性眼科医の道を拓く明治の女性。百年の時を越えて二人は出会った。日本一の清流に女性たちの命がよみがえる。作家永井路子が絶賛した珠玉の医療小説。